My Best FrienD edicate to Shizuyo

女ともだち

静代に捧ぐ

早川義夫
Yoshio HAYAKAWA

筑摩書房

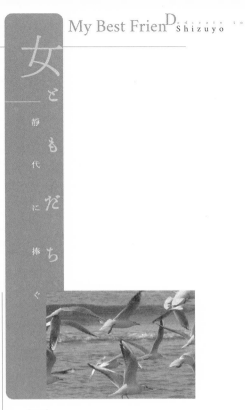

目次

第一部

早川義夫
Yoshio HAYAKAWA

女ともだち

静代に捧ぐ

筑摩書房
chikuma SHOBO

My Best FrienD
edicate to
Shizuyo

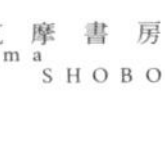

写真 photography ● Yoshio HAYAKAWA 早川義夫

書容設計 editorial design ● heiQuicci HARATA 羽良多平吉

第一部

I.

ものごとの始まりは

本屋時代、僕は時々レジでナンパをしていた。「この町に住んでいらっしゃる方ではないですよね」と話しかける。遠くからわざわざ早川書店を訪ねに来られた方は、顔立ちや服装や棚の見方が微妙に違うから勘でわかるのだ。間違っても失礼にはあたらない。垢抜けていらっしゃるという意味合いだからだ。

そんな調子で、ある女性と鎌倉の家までデイトをしたことがある。ところが、夜になっていざ寝る段になったら、なんだか気が進まなくなってしまい、妻のしい子に電話をかけて「どうしよう、嫌になっちゃったんだ」と助けを求めた。本屋で話したときは可愛く思えたのに、別な場所で会ったらそうでもなかったというわけだ。「じゃ、女の子は二階に寝かせて、よしおさんは下で寝ればいいじゃないの」と教えてもらい、ことなきを得た。

恥ずかしい話である。バカみたいな話である。夫が浮気をしている最中に妻に「どうしよう」と相談をする。そんなみっともない男がいったいどこにいるのだろう（ここにいる）。

相談をしたのはこれ一度きりであるが、当然、しい子はあきれ返り、その後も時折この話を持ち出してきては「情けない男」としてからかわれる。

僕はいつもしい子を頼って生きてきた。一時期、川崎堀之内に遊びに通っていたときも、帰りが遅いとやくざにからまれているのではないか、交通事故にあったのではないかと心配されて、ソープの泡とローションにまみれていることに文句を言われたことはない。むしろ協力さえしてくれる。いい娘《こ》がいることを伝えるとプレゼント用の下着まで買ってきてくれた。女の子から嫌われないようにフォローされていた気がする。

店を出ると、男の従業員が寄ってきて、ちゃんとサービスを受けられたかどうかを尋ねる。このシステムは良心的でいいなと思った。さっそく、本屋でもお客さんの声を聞くことが大切だと考えて、「どの分野の本をもっと揃えてもらいたいですか」などとアンケートを取ったりした。

その後、僕は本気で恋をするようになった。あるとき、レジで気になる女性のうしろ姿を見送っていたら、恥ずかしそうに、微笑《ほほえ》みながら振り返ってくれたので誘うことができた。女性からのサインがないと奮い立つことはできない。

当時最先端のポケットベルで連絡を取り合った。「084」は「おはよ」、「7139」

は「大好き」という具合に、あらかじめ数字にあいうえおを当てはめて会話を交わした。ポケベルの領収書が二枚出てきたので、しい子から「ふたつ持ってるの?」と不思議がられた。嘘がつけないので「うん」と答えたら「あっそうか」と納得してくれた。

二十五年ぶりに歌を作り始めた。恋をしたからである。女の子にモテたかったからである。ものごとの始まりはいつもそうだ。伝えたいことと伝えたい人ができたからである。『この世で一番キレイなもの』『君のために』『君に会いたい』『花火』『屋上』『花のような一瞬』『「愛人《ラマン》」のように』『雪』『いつか』が生まれた。

雪

誰よりも君を　僕は好きだった
磁石になりたいと　君も言ってくれたね
ふたりで過ごした　楽しい思いは
僕らの心に　焼きついている
好きになればなるほど　悲しみがつきまとい
大きな愛で君を　包むことできなかった

白い花びらが　空から降ってくる
もう君の声と　可愛いしぐさも
みんな僕の前から　消えてゆくんだね
雪が降ってきた　クリスマスの夜に
ふたりで手を繋いで　歩きたかった
もし君と一緒に　空を飛べたなら
どんなに素晴らしい日々が　僕らを駆け巡るだろう
愛する勇気を　持ち続けていようね

妻と娘に聴かせた。母と兄にも聴いてもらった。個人的で身勝手な内容なのに、誰にも通じる普遍性があるのかどうか、作品として成り立っているかどうかを知りたかった。娘は笑った。父親がラブ・ソングを真剣に歌っているので、笑うしかなかったのだろう。母と兄は、作り話なのか現実なのかがわからなくて、きょとんとしていた。しい子はしばらく考えてから、「いいと思う」と言ってくれた。

本来なら、バカじゃないのとか、こんなのつまらないとケチをつけてもおかしくないはずである。他の女に捧げた歌なのだから。けれど、しい子は歪んでいない。嫉妬があっても素直だ。一人の売れない歌手が頑張って作った作品として捉えてくれた。

ただし、うらやましく思えたのだろう。負けず嫌いの気持ちが少しあって競い合いたくなったのかもしれない。「私の歌も作って欲しいな」と甘えた。そのリクエストに応えてできたのが『赤色のワンピース』である。

赤色のワンピース

赤色のワンピース　君はとてもステキだった
学校の帰り道　ふたりで歩いたね
鶴川から秋葉原まで　たくさん話をしたね

そしたら君は喫茶店にも　入ったことないという
偶然にも降りる駅が　同じなんて嬉しくて
御茶ノ水のレモンという　画材屋で紅茶を飲んだり

十八の春に僕たちは知り合い
小さな家で暮らし始めた二十歳の秋に
僕の歌では食べてゆくことできなかったけれど

僕はまだ若いから　何もかも捨てる気で
愛しい恋人と　本気で消えたり
僕のわがままをいつも笑って　いてくれる君で良かった

いつか僕が年老いて　この世を去るとき
君が僕のそばにいて　微笑んでくれたら
この歌を君と一緒に　口ずさんで死んでゆこう

楽しい人生だったよと思えるように
やりたいことやり残したことまだいっぱいあるから

そんなに悪い出来ではないと思うのだが、しい子はあまり喜んでくれなかった。やはり、人に知らせる必要のない夫婦愛の「甘ったるさ」と「いかにも」という感じが好きになれなかったようだ。

歌の練習をしているときも、「言っときますけど、私、よしおさんが死ぬときに、この歌を一緒になんか歌いませんからね」と横から口を出す。僕は思わず笑ってしまう。

曲順表を見せても『赤色のワンピース』はやめて、『犬のように』の方がいいわよ」「どうして?」「ああいう歌、あまりないから」と、女にふられたみじめな男の歌の方が断然いいと言うのだ。

犬のように

君が恋しくて髪をなでたくて　君の匂いに触れたくて
歩きながらキスをしたり　頬よせあって写真を撮ったり
ビーチパラソル砂浜に立て　空と海に君と漂う
楽しかった思い出が　どこにいても消えていかない
犬のように　吠えてるだけ　はぐれた場所で
いつか君が　同じ声で　泣いてくれるのを

目隠しをして腕を縛って　何をしてもかまわないって
僕を一途に愛してくれた　あの日の君はもういない
幸せそうな君を見るたび　胸が苦しくなるんだ
君がいなければ生きていけない　悪い夢を見ているようだよ

犬のように　逃げてるだけ　君のいる場所から
いつか君が　僕の中で　眠ってくれるのを

しい子はごくごく普通であり、どろどろしたところはないのだが、芸術方面に関しては、土方巽《ひじかたたつみ》の暗黒舞踏を好むようなところがあった。結婚相手に僕を選んだのもそこかもしれない。見た目からして僕は変であったし、一九六〇年代末期、GS（グループサウンズ）とフォークソングの時代に、『からっぽの世界』、『マリアンヌ』（作詞　相沢靖子）、『ラブ・ゼネレーション』『われた鏡の中から』『敵は遠くに』『お前はひな菊』『堕天使ロック』などを作って歌っていたからである。

お前はひな菊

俺はお前と寝たいだけ
俺は山百合　お前はひな菊
ひとりずつ海の中に　入って行くんだ

とってもステキだってこと
わかるかい　俺たち俺たち
素晴らしく　輝いてんだ

お前が好きさ　可愛いと思うさ
お前の裸を　汚したいのさ

二十三歳で音楽をやめ、その後本屋を長い間営んでいたわけだが、考え方や気持ちは若いころと何一つ変わっていない。何も変わっていない自分を表したかったけれど、歌作りにおいて、ストレートな言葉はなかなか出てこない。つくづく中年男にラブ・ソングは似合わないなと思った。

ましてや、既婚者が若い女性にうつつを抜かしているとなると、人目を気にしないわけにはいかない。ちょうど、改札口でいちゃついているカップルのように、本人同士はいたって真面目であっても、はたから見れば不潔に思われ、勝手にやってくれというようなものだ。

歳をとったからといって、必ずしも賢くなるわけではない。感性がするどくなってゆくわけでもない。むしろ逆だ。歳をとるたびに衰え、ますますいやらしくなってゆく。

2.

愛の逃避行

再び歌うようになってから、飛び切り可愛い女の子と巡り合うことができた。ある日、南青山マンダラでのライブを聴きに来てくれて、終演後、楽屋口でひまわりの花を手渡された。その日の出来事を歌ったのが『ひまわりの花』である。

ひまわりの花

ひまわりの花　君は手に持って
涙を浮かべて　僕にくれた
僕も君のこと　好きになっていた
もう一度逢いたいと　思っていたよ

君の住む街まで　車を走らせ
誰もいない　真夜中の駅で
夜が明けるまで　僕らは抱き合い
やわらかな口づけを　そっとかわした

ドキドキ　胸が鳴って
この気持ち　夢のようだね

ドキドキ　胸が鳴って
この気持ち　忘れないよ

世田谷線の無人駅のベンチに座ってキスをした。この歌詞通りである。レコード会社のディレクターから「早川さん、車持っていましたっけ?」と聞かれたので、「タクシーです」と答えた。駅まで行けば会えるかもしれないと、約束をしたわけでも家を知っているわけでもないのに、車で追いかけたのだ。奇跡と偶然が重なって会うことができたのは、そうなるようにできていたのかもしれない。

翌朝になって、栃木県の秘湯に出かけた。彼女は「愛の逃避行だね」と言って笑った。お互い誰にも連絡をしなかったから、彼女の仲間もしい子もどこへ行っちゃったんだろうと捜しているかもしれない。

帰りの電車の中でこれからのことを話した。「恋愛っていつか必ず別れがくるでしょ。そうならないためにどうしたらいいんだろう。たとえば、セックスだけの繋がりっていいと思わない？」。彼女は純粋無垢だったのに、そんな傷つけるようなことを、僕は得意げに語っていた。

彼女との思い出はいっぱいある。ある女性シンガーからキスマーク付きのラブレターをもらったので自慢したら、「やっちゃえ、やっちゃえ」とけしかけられた。そういう女の子だった。変わっている。「ほかに好きな女の子ができたらどうする？」と聞くと、「悲しいけど、いいよ。我慢する」と言う。自慢話もこんな質問も男として最低なのに、彼女は怒らない。

「どこに出してもいい」「やり逃げしてもいい」と言う。妊娠してもかまわない。捨てられてもかまわないということだ。ここまではいいけれど、ここから先は嫌だとか、責任取ってよなんてことは決して言わない。駆け引きのないその精神がキレイだ。あるのは、「好き」という気持ちだけだ。圧倒された。

「いやらしさ」と「美しさ」と「悲しみ」が全部同じ意味に思えて、『H』という歌が完成した。

勝手に撮った写真を「みんなに見せたいな」とふざけても、「私はかまわないけど、お母さんが悲しむかな」と言った。何をしてもいいと言う。何をされてもいいと言う。好きな気持ちだけで、それ以上の欲がない。奥さんと別れてちょうだいなどとも言わない。

彼女としい子は渋谷ジァン・ジァンの楽屋で鉢合わせしたことがある。お互いに「こんにちは」と挨拶を交わす。しい子は僕の荷物を取りに来てそのまま帰り、僕は彼女と遊びに行く。そういうとき、しい子はにこにこしている。「私が楽屋に入ろうとしたら、スタッフの方が慌ててたから笑っちゃった」と、こういう状況を楽しんでいるふうでもあった。

しい子にあらためて、「どうして僕に好きな人ができても嫉妬しないの?」と訊ねたことがある。すると「二号さんの子どもと親友だったからかな」と答えた。旦那に奥さん以外の人がいても、別段いけないことではないような、かえって甲斐性があっていいような、女は男を立てるものであって、そういう時代、環境、風習で育ったのである。

一方の僕は、田山花袋『蒲団』、谷崎潤一郎『痴人の愛』、川端康成『眠れる美女』を読んで、老人の性に憧れた。心のうちが語られていれば、どんなに醜くても、猥褻でも、不道徳であっても、尊さを感じる。

「人間は恋と革命のために生れて来たのだ」（太宰治『斜陽』）の通り、僕は歌を作って歌うしかなかった。「美しく見せるための一行があってもならぬ。美は、特に美を意識して成された所からは生れてこない。どうしても書かねばならぬこと、書く必要のあること、ただ、そのやむべからざる必要にのみ応じて、書きつくされなければならぬ」（坂口安吾『日本文化私観』）の一節が指針となった。

娘たちはどう思っていたのだろうか。これも不思議なことに「ママがかわいそう」とか「パパ不潔」と叱られたことはない。「普通の娘だったら、お父さんを責めるじゃない。どうして、そうではなかったんだっけ？」と娘に聞くと、「だって、○○ちゃんのこと好きだったんだもの。ママからもいい人だって聞いていたし」と言う。娘たちは彼女の歌まねも上手だった。しい子はそれを聴いて笑っていたのである。

「好きになってしまったのだから、それをやめろとは言えないでしょ」がしい子の嫉妬しない理由だ。僕は違う。もしも、しい子に好きな人ができたら、おそらくいっぱい嫉妬してしまうだろう。
ゆえに、僕のしている恋愛が正しいなどと言い張るつもりはない。批判されれば返す言葉はない。ずるいと言われれば、その通り、僕はずるい。しかし、正しいか正しくないかを問題にしているのではなく、自分の気持ちに正直に生きているかどうかだけなのである。

ある日、彼女から提案があった。「いいことを思いついた。私が養女になるのがいいんじゃない」と言う。一瞬グッドアイデアだと思った。けれど、さすがに、しい子には相談できなかった。しい子は許さないだろうと直感で思った。「いくら女を作ってもいいけれど、子供は作らないでね」と一度だけ言われたことがあるからだ。

そんなふうに時が過ぎていったころ、しい子の体に異変が起きた。心臓がドキドキすると言う。病院で心臓カテーテル検査をした。検査結果は異常なしだったが、精神的に参ってしまったのかもしれない。平気なふりをさせてしまっていただけだったのかもしれない。話し合わなかったからわからないけれど、離婚することになるのではないかと心配でたまらなかったに違いない。そのくらい僕は彼女との恋愛に夢中になっていた。

突然、僕は彼女から捨てられた。彼女は新しい男の人と結婚してしまった。地獄に突き落とされた。失ってから、はじめて気づいた。こんなに悲しくなるとは思わなかった。何をしてもいいと言ってくれるほどの愛情と同じくらいの愛情を僕は彼女に返していなかったのだ。彼女の愛情を受け取るだけの魅力が僕にはなかったのだ。どこにいても、何を見ても、彼女と過ごした思い出が蘇ってきて、いつまでも消えなかった。僕はいつもそうだ。自分がしていることの先が見えていない。

彼女との歌がいっぱいできた。『H』『桜』『君でなくちゃだめさ』『純愛』『パパ』『嫉妬』『犬のように』『グッバイ』。暗い日々を過ごしながら、その後も『恥ずかしい僕の人生』『嵐のキッス』『躁と鬱の間で』『悲しい性欲』『父さんへの手紙』『僕の骨』『音楽』などが生まれた。

グッバイ

残酷な歌を聴かされて　君と最後の食事
テーブルには紫色の花が　いっぱい咲きこぼれていた
全力で愛さなかったから　君を見失ってしまった

生きてゆくのが　恥ずかしくなるほど
思いっきりふられて　打ちのめされる

バイバイ　グッバイ　バイバイ　グッバイ　バイバイ

どうしてもなじめないものがあって　好きなところだけ愛してた
何か得体のしれないものが　始終僕を襲っていた
すべてを愛せなかったから　都合よく愛していただけ
天国から地獄まで　真っ逆さまに突き落とされ
みごとに捨てられ　君を失う

バイバイ　グッバイ　バイバイ　グッバイ　バイバイ

突然狂い出しては君を泣かせ　何度も飛び出してはドアをたたき
心が離れていかないから　別れることもできなかった
それでも君はうまくいくよと　好き同士ならうまくいくよって
どこまでも優しく　どこまでも強く

燃え尽きてゆくのを　じいっと待っていた
いつも　いつも　君だけを　思ってた
バイバイ　グッバイ　バイバイ　グッバイ　バイバイ

恥ずかしい僕の人生

本当の心だけしか　伝えることはできない
伝わって来るものも　本当のことだけ
もしも嘘をつけば　その嘘は伝わらずに
汚れた息づかいが　伝わってしまうだけ

生きることも歌うことも　語ることも黙ることも
自分を見つけ出すため　心を見せ合うため

何も見えないのは　伝えるものがないからで
わざとらしく感じるのは　かっこうをつけたいから

誰かを憎んだり　嫉妬に苦しんだり
恥ずかしいことだらけの　僕の人生よ

僕が求めてるのは　泣けてくるほどの感動
どろどろの醜いものが　キラキラに輝くとき
ちっぽけな日常にも　目に見えぬ感動が
少しずつ積み重なって　いるのを忘れないで

何年おとなを演じても　心の底は変わらない
頭の中は子どものまま　何を喜び何を悲しむ
男らしくできなくて　人間らしくなれなくて
恥ずかしい僕の人生よ　恥ずかしい僕の人生よ

3. あの娘が好きだから

共演者に恋をすることがある。バイオリンのHONZIがそうだった。HONZIの音を知っている人は納得してくれると思うが、HONZIのバイオリンほど素晴らしい音を出す人は他にいないのではないか。

音を出すタイミング、音色、メロディー、そしてバイオリンを弾きながらのコーラス、うっとりする。どこかで聴いたことがあるような、よくある手やよくあるフレーズではない。うまいと思わせるような音ではない。技術を超えているのだ。決して歌の邪魔にならない。かすかな音もちゃんと聞こえ、激しく弾いても全然うるさくない。透き通っている。音が生きているからだ。呼吸しているからだ。生まれてくる音はHONZIそのものであった。

ヴォーカルの隙間に入ってくるどの音も的確だ。メロディーラインをなぞったり誇張するのではなく、その世界に留まるのではなく、さらにその先をゆく。バイオリンがバイオリンの音ではない。楽器が楽器の音を出しているうちは音楽ではないのである。

HONZIは自分を主張しよう、目立とうなんてことはこれっぽっちも思っていない。歌を生かすことによって、相手を生かすことによって、相手の良さを引き出すことによって、自ずと自分が生きてくる。無私の精神だ。

バイオリンを弾くHONZIの姿を見て、僕は一瞬で好きになってしまった。けれど、HONZIには同居人がいたから、叶わぬ恋だった。最初から最後まで、一方的なプラトニック・ラブであった。それでも北海道から福岡まで、たくさん演奏しに行った。

癌を患ってからも、HONZIは付き合ってくれた。『I LOVE HONZI』という曲ができた。富山、金沢、渋谷が最後の演奏になった。命を削った演奏は、この世のものとは思えぬほど素晴らしかった。

まだ元気なころ、とある楽屋で一緒のとき、HONZIがおしっこをしにトイレに立った。聞き耳を立てたわけではないのだが、おしっこの音が聞こえた。音を消すための水を流さなかったからだ。なんて潔くて、なんてキレイなのだろう。なんて色っぽいのだろうと思った。「♪体から流れる　さみしいメロディー」は、そのときの音である。

あの娘が好きだから

あの娘が好きだから　大切にしたくて
あの娘が好きだから　優しくしたくて
離れていても　黙りあっても
あの娘が好きだから　忘れられない

やましい気持ちなど　不思議とないのに
思っていることの　半分も言えず
いけない人と　いけないことを
いけない場所で　するのが恋

揺れあって　ふれあって
心と心が　響きあうように

人を好きになると　おかしなところまで

HONZI（写真 渡辺一仁）

可愛く感じて　愛しく思う
体から流れる　さみしいメロディー
夕焼け空に　ヒコーキ雲

揺れあって　ふれあって
心と心が　とけあうように

逢いたい人とは　逢えないもので
やがて人生の　日は落ちてゆく
壊れそうなので　何もできない
あの娘が好きだから　歌っているだけ

4. 本当かどうかは、美しいかどうかである

歌ができると必ずしい子に聴いてもらっていた。文章も見てもらっていた。ホームページの日記もツイッターも時にはメールの返信まで、これでよいかどうか判断してもらっていた。僕はものの考え方や言い回しに極端なところがあるので、相手に失礼にあたらないか、どぎつい表現になっていないかどうかをチェックしてもらっていたのだ。

客観視できないから、とかく自分は正しいと思いがちである。多くの人に届けたいならば、まずは一番近くにいる人に納得してもらわなければ、遠くまで届くはずがない。見てもらうのはしい子のように素人がいい。いわゆる一般の人の意見は飾り気がないからだ。指摘されれば、なるほどと思うことが多い。調子に乗っていれば反省する。「いんじゃない」と返事をもらえれば安心する。次女の桃子にもチェックしてもらう。桃子は国語の教師をしているから僕よりはるかに語彙力がある。一例をあげると、『君でなくちゃだめ

さ』は初め「♪猫のように眠る」だったのを「♪猫のごとく眠る」に直してもらった。

君でなくちゃだめさ

僕は君が好きさ　一目会ったときから
君と踊りたくて　君と歌いたくて
君の眠る街まで　僕は走り続ける
夜空を駆け抜けて　君の中を駆け抜けて
犬のようにじゃれあい　蛇のように絡み合い
鳥のように泣き叫び　猫のごとく眠る
君でなくちゃだめさ　僕でなくちゃだめさ
ふたりでなくちゃだめさ　これでなくちゃだめさ

僕は君のものさ　君は僕のものさ
離れていると　息ができないんだ
君でなくちゃだめさ　僕でなくちゃだめさ
ふたりでなくちゃだめさ　これでなくちゃだめさ

僕は文章を書くのがひどく苦手である。本当に書けない。苦しい。時間がものすごくかかってしまう。何度も書き直しているうちに頭の中がごちゃごちゃになり、落ち込んで身体までおかしくなる。僕の文章は、書けない人がやっと書いた文章であり、僕の歌は歌えない人がぎりぎり歌っている歌なのだ。

書けないときは、文章がやたら説明っぽくなってしまう。無駄な言葉が多い。書いていてちっとも面白くない。思ったことをなぞっているだけだ。うまく書けたときは、めったにないが、リズムに乗って視野が広がってゆく。切り口が見えて、新しい発見がある。書くことがまさに創作となる。

桃子に「書けない」と助けを求めると「大丈夫」と言われる。しい子に「書けない」とこぼすと「ヨシオくんなら書ける」と励まされる。

添削してくれる桃子はさぞかし文章が上手かというとそうでもない。人が書いたものを添削するのが得意なのだ。あるとき、歌詞を書いてもらったら、どうもパッとしない。「桃ちゃん、この二十行を一行で表してくれないかな」と注文を付けたら、それっきり書いてくれなくなってしまった。

『グッバイ』を歌うとき、実際にバイバイをした場面を思い出す。線路を挟んだ踏切でバイバイと手を振ってさよならをした。当然、悲しい気持ちで歌うわけだが、悲しみを超えて、自分のバカさ加減をあざ笑うかのように、泣きながら笑みを浮かべて「♪バイバイ」と歌えないだろうかと考えた。その方が真実味があるように思えたからだ。ところが何回か試みたけれどできなかった。作為を持つと、企てると演技になってしまう。

『父さんへの手紙』の「♪ねえ　父さん」は、数メートル先に浮かんで見える父さんの顔を見て歌う。『僕らはひとり』(作詞・作曲　もりばやしみほ)の「♪ねえ　どうして　遠くへ行ってしまうの」と歌いかける相手は、遠くにいるのではなく、隣で寝ている人だ、と思う。目線と距離感が伝われば、情景が浮かんでくる。歌で一番大切なのは、映像が見えてくることだ。リアルであるかどうかだ。本当かどうかは、痛みがあるかどうか、美しい

かどうかである。

昔、映画作家の原將人さんが「どうしたら作曲できますか?」と問うてきたので、「音楽をいっさい聴かなければできます」とすまーして答えたことがある。現に僕はほとんど音楽を聴かない。原さんはこれまでピンク・フロイドあたりをたくさん聴いていたらしいが、僕の提案を実践したら、自分独自のメロディーがいくつも浮かび作曲できたと報告があった。それはそうだ。自分に必要なメロディー、自分が発したいメロディーは、無から生まれるからだ。

5. うちのお父さんは普通のお父さんではない

「パパはお父さんにはなれない人だから、二十歳になったら家を出て行きなさいね」としい子はふたりの娘に小学生のころから教育していた。そのことを僕は知らず、最近になって娘から知らされた。

どおりで、長女は十八歳くらいで結婚をし、次女は奨学金を申し込み、二十歳になると突然下宿生活を始めた。しい子が多少の援助をしていたと思うが僕は関知しなかった。奨学金というのは授業料が免除されるものだとばかり思っていたら、国からお金を借りているだけで、今もまだ毎月返済していると聞いてびっくりした。そのくらい僕には常識がない。

ふたりの娘の結婚式には出席していない。相手の両親には一度も会ったことがない。もちろん、本人の顔もよく知らない。次女が結婚するときは「あっごめん。その日はちょうどライブの練習が入っているんだ」と嘘をついて欠席した。全部しい子が対応していた。そのことで、しい子から恨まれたり愚痴をこぼされたことはない。「この人はこういう人なんだ」ということで、納得してくれている。

結婚後、次女が彼氏を家に連れてきたときは、「うちの娘はダメなところがあるけれどよろしくお願いしますね」と頭を下げたことは覚えている。

心配していた通り、長女は数年後離婚し子供を連れて戻ってきた。長女から離婚の仕方を教えてもらった。男は全員プライドがあるから、簡単に別れることができない。女から別れを言い出すと怒り出しかねない。うまい離婚の方法は、離婚届を肌身離さず隠し持っていて、何かの拍子に相手が怒り出し、キレて、たとえば「出て行け」とか「もうこうなったら離婚だ」などと言い出したときを見計らい、すばやく離婚届を見せて、捺印してもらい、至急、役所に届けるのがいいらしい。

次女は仲良くやっているのかなと思っていたら、うまくいってないという話を最近聞かされた。話しているうちに涙をこぼしていたから、相当前から耐えていたようだ。

「子どもが成人するまでは離婚しない方がいいんじゃないかな」と言うと、「仲の悪い状態を子どもにずっと見せているのも良くないし」と反論された。

「旦那が暴力ふるうとか、お金を入れないというわけじゃないんでしょ。桃ちゃんの帰りが遅いときは、子どもたちに夕飯を作ってくれるんだし。この先、もしも病気にでもなったら、子どもの面倒を旦那が見てくれる。一緒に住むということは、マイナスの部分もあるだろうけれど、プラスの部分もあるのだから。話し合いをするのがいいんじゃないかな」

「何か話すと、うぁー、やっぱり話さなければよかったと思ってしまう。会話が成り立たないの」。冷え切っている。

「まあ、一番いい方法をよく考えて。どうしても駄目な場合は、帰ってきてもいいよ」。しい子も同じ意見だ。

夫婦のどちらか一方が悪いとは思わない。どっちもどっちだと思う。人の欠点は見えても、自分の欠点は見えないからだ。仮にどちらかが一方的に悪くても、そういう人を選んでしまったのだから、責任は相手だけにあるのではない。

長女はその後、新しい恋人と一緒に暮らしていたが、また別れてしまった。いい人だったのにどうして、と家族全員が残念がる。理由は話さない。「これからどうしたいの？」と聞くと「もう結婚はしない」と表明する。

次女も、この先たとえ離婚するようなことになっても再婚は考えられないと話す。長く付き合ってやっと結婚したはずが、思わぬ方向に行ってしまいすっかり自信をなくしてしまったのか、「もし今度、恋人を作るときは、ママとパパに相談する」とも言っていた。

しい子が僕と結婚するときは、家族の中で一番しっかりしているたっちゃんというお姉さんに僕の写真を見せて意見を求めたそうだ。たっちゃんの「いいと思う」の一言で、しい子のお母さんも賛成してくれたそうだ。人を見る目、見抜く力を養う。友達を三人紹介してもらって、その友達がいい人たちだったら合格、ともいわれている。

それにしてもどうして、好き同士で結婚したのに、顔も見たくないほど嫌いになってしまうのだろう。だいたい、女性の方が別れたがる。男は見栄もあるし、きっと新しい女性を見つける自信もないから、このままでいいと思っている。

これまでの人生の中で一番良かったことは何かと問うと「離婚できたこと」と答える女性が多い。結婚するときは幸せの絶頂だろうから、別れるなんて想像もつかないだろうけれど、離婚は結婚の何倍ものエネルギーを使うので、最初から別れたくなったらどうするかを考えておいた方がいい。恋愛感情は二、三年しか持たないそうだ。結婚しない人が多いのもそのせいだろう。

お店でたまたま食べたメニューが美味しかったとき、しい子はその次もそのまた次も同

じものを注文し、そればかりを食べる。本屋時代は、千六さんという洋食屋で「エビフライカレー」が気に入って、毎回それを食べていた。鎌倉に引っ越してからも、何食べたいと聞くと「千六さんのエビフライカレー」と言う。

デパートで買ってくるものも決まっている。志乃多寿司のおいなりさん、魚久の銀だらと鮭、維新號のゴマまんとシュウマイ、RF1のサラダ、菊乃井のお惣菜、野田岩のうなぎ、紀の善の抹茶ババロア。

「どうして同じものばかり食べるんだよ。つまらない女だな」と言うと、「男とおんなじ」と答えた。一人いれば充分、他の男に興味が湧かないというわけだ。

そこのところが僕と違う。僕はたまたま食べたものが美味しかったならば、さらに美味しいものがあるかもしれないと欲張って、別なものを試食したくなる。

ところが、これまで体験してきたことを思い返すと、だいたいが失敗だ。しい子が合っている。最初に選んだもの、第一印象で選んだものが、結局は一番美味しい。それを超えるものがない。それは、男を選ぶのも女を選ぶのも同じことのような気がする。

もしも、子どもが反抗して「どうして俺を生んだんだよ」と歯向かってきたら「嫌だったら自殺すればいいじゃないか」と答える。甘えられたら「人類みなひとり」と答える。娘たちにも小さなときから、そう教えてきた。

一般に、おじいちゃんは孫が可愛いらしい。僕は子ども嫌いというわけではないが、別段、孫が可愛いとは思わない。本屋時代、お客さんの子どもがあまりに可愛かったので、僕も抱かせてもらい写真を撮ったことがある。その写真を長女に見せびらかしたらやきもちを焼いていた。血が繋がっているとか、繋がっていないからという区別は僕にはない。

僕は考え方がみんなとちょっと違うかもしれない。わざとそうしているわけではないのだが、どういうわけか世間一般の多数意見と違ってしまう。強者より弱者を応援したくなる。流行りが好きになれない。ベストセラーに興味がない。ヒット曲の良さがわからない。情報も報道も真実とは限らない。

自分は正しいと思っている人は正しくない。自分はもしかしたら間違っているかもしれないと思っている人は正しい。考え方や生き方を押しつけてはいけない。そんなにステキならば嫉妬させてほしい。悪は団結し、善は分裂する。

深沢七郎「自分の嫌いなことをするのは悪いことなのである」(『深沢七郎集第7巻』筑摩書房)

色川武大「犯罪をおかしたりして、窮地におちいっている人間を、我が事に感じる。汗

が出るほどにそうなる。これは小さい頃からで、五十の声をきく現在もなお変わらない」（『いずれ我が身も』中公文庫）

山口瞳「どの国が攻めてくるのか私は知らないが、もし、こういう国を攻め滅ぼそうとする国が存在するならば、そういう世界は生きるに値しないと考える」（『私の根本思想』新潮社）

車谷長吉「人間にだけ「人権」があって、他の生物にはないという考え方は、人間の思い上がりではないか。牛や豚を殺して喰う人間は、畜生以下の畜生である」（『銭金《ぜにかね》について』朝日文庫）

武田邦彦「父が私に教えてくれた。「クニ、生きている間に評価される人間になるな。認められるのは死後で良いぞ」」（YouTube）

6.

スケベな女の子が好き

「あの女はヤリ◯ンよ」と女性から教えてもらったことがある。誘えば誰とでもすぐに寝る女ということなのだと思うが、ちょっと蔑んだ意味が含まれている。

旅先で、ある店に入ったとき、女性従業員を見て「あの女はヤリ◯ンよ」と、一緒にいた女性がそっと耳打ちした。言われてみるとそんな気がしてくる。女性は直感が鋭いというから、信憑性を感じる。たしかに、男を見る目がちょっと違う。目が合うと、にやっと微笑んでいるような。お尻をさわっても怒りそうにない。男の欲望に応えてくれそうだ。

またあるとき、他の女性から「あの人はヤリ◯ンだから」と共通の知り合いの女性について知らされた。その女性と親しくなったことがあるため、僕はドキッとした。そんなふうに思ったことはなかったけれども、言われてみれば、そんな一面もあるような気になってしまう。

女性が別の女性のことをあの人はヤリ◯ンよと、わざわざ男に言ってくるのは、なぜなのだろう。僕を興奮させたいのだろうか。それとも、その女性を陥れたいのだろうか。あるいは、同類を見つけたと白状しているようなものなのだろうか。

僕にとってのヤリ◯ンは、エッチが大好きという自分の気持ちに正直なだけの、無邪気な妖精のような女の子に思えるのだが。

学校にいるとき、何時間でもエッチなことをしてくれる新入生がいると同級生から教えてもらったことがある。遊び仲間同士では有名らしく、すでに数人がお願いしたらしい。その子が僕の好みでないならどうでもいい話であるが、なんと、えーってびっくりするくらいの可愛い子だった。しい子も「あの子可愛いわよねー」と知っていて、女性からも嫌われていない女の子だ。

どうして僕は紹介してもらわなかったのだろう。その時期、ちょうど僕はしい子と結婚することになっていて、中途退学し、そのまま女の子とは接点がなくて、あとあと悔やんだ。

記憶が鮮明ではなく、ぼんやりしているのだが、その場面だけは覚えている。小学二、

三年生のとき。女子を含めた数人の子と、かくれんぼみたいなことをしていた。男女が服を取り替えっこする。はっきり思い出せないのだが、お医者さんごっこをしていたような、とにかく、みんながいやらしい気持ちであったことは確かだ。

四年の二学期から鎌倉市立第一小学校に転入した。しばらくしてから、帰り道、女の子四、五人が僕の家まで付いてきてくれた。その道すがら「女の子には、メンスというのがあって、誰々さんは、もうそうなのよ」ということを聞かされた。あの人はマセているのよという意味だったと思う。僕は聞いていただけで、その先を深く聞きもしなかったから、それ以上、話の発展はなかった。どうして、女子は僕にそんなことを話したのかがわからない。

中学になってからは、また東京に戻された。千代田区立今川中学校に通わされた。エロ本をたくさん集めている友だちの家に時々集まっては、みんなで見ていた。屋根の上に増築したような部屋で、そこにはエロ本が山のようにあった。

その仲間だったか、別な仲間だったか忘れてしまったが、「俺の姉さんは内緒で見せてくれるんだ」という話を聞いた。わー、いいなーと思った。でも、話を聞いただけだ。どうして見せてもらわなかったのだろう。お願いすれば見せてくれるはずだったのに。想像するだけで興奮した。

一歩踏み出せなかったのは、勇気がなかったからだろう。あのとき積極的に行動を起こしていれば、もっといやらしいことができたのに、あの人と、あの子とも、もしかしたらエッチができたのにと思う。実際はどうだったかはわからないが、チャンスがあったのに、スケベになりきれなくて後悔している。

女性は親しくなればなんでも話してくれる。女の子も男と同じようにスケベだ。僕と同じようにふしだらだと嬉しい。これまでつきあった女性はみんなそうだった。

クリスチャンでいたって真面目な人だったが、フィアンセがいたため、行為をしながらも最後の一線だけは守ろうとしていたことが、『夕暮まで』（吉行淳之介）のようでかえっていやらしく感じた。

「よしおのおしっこなら飲める」とも言ってくれた。僕が入院していた病院の屋上でそんな話をしてくれた。「ぬるくて飲みづらかったら、氷を入れて」とも付け加えた。実際に飲んでもらったかというと、これも話だけでそういうことはなかった。

眼球をなめてくれた。眼球も性感帯だとは知らなかった。デイト中、いつも触ってくれた。野外で、映画館のトイレで、プラネタリウムで、した。

窓際の明るい場所で写真を撮らせてくれた。その優しさが嬉しい。キスのあと待ちきれない感じで指をしゃぶってくれる女の子は気持ちよかった。どうされるのがいい？　と聞くと、後ろから入れてほしいと迎え入れてくれた。

人はみな、何かしら、人に言えない秘密を持っている。

嵐のキッス

同じ屋根の下で　暮らせないのなら
同じ空の下で　求めあいたい
寝てもすぐ目が覚め　起きても夢を見る
悲しみは抜けない　涙ボロボロ
雲は流れてゆく　鳥は飛んでゆく
君を幸せに　僕がしたかった

奪うこともできず　棄てることもできず
恋をしていただけ　今も君に
海は震えている　空は堕ちてくる
君と幸せを　探したかった

同じ空の下で　もしも逢えるならば
君の顔めがけて　嵐のキッス

ライブ終演後「キッスをしてもらおうと並んでいるんです」という女性がいたので、「嵐のキッスっていうのは、普通のキッスとは違うんですよ」と教えたら、首を傾《かし》げていたのでわからなかったみたいだ。

ステージから赤いマニュキアをしている女の子を見つけた。後日、テレフォンセックスをした。「どんなセックスが好き?」という話になって「電話ボックスの中でしたとき気持ちよかった」と話してくれた。ベッドではないところでするのが興奮すると言う。それはよくわかる。映画でも普通のベッドシーンは、僕は好きではない。かえって汚らしく感じてしまう。普通ではない場所がいい。

映画『大いなる遺産』（一九九八年）は噴水のような水飲み場で、少年に少女がキスをするシーンがエロティックだ。そこに流れる音楽もいい。美しくて、涙が汚れを落とすほどだ。

「君の顔が好きだからあそこも好き」と話したら、「それを歌にしてほしい」と言われた。顔や髪型を褒めるのと同じように、あそこを褒めたい。みんな素敵だ。お嬢様なのに、すごい迫力だとか、意外性があるとさらにいい。好きな人は全部愛おしい。

7.
歳をとるともう女の子とは遊べない

学生のころ、床屋さんに行くのが嫌いだったので、髪は母親に切ってもらっていた。結婚後はしい子が引き継いだ。そのうち、しい子の勧めで美容院で切ってもらうようになったが、髪を染めるのはしい子にやってもらっていた。話し声やBGMがうるさいから、なるべく美容院に長くいたくないのである。

白髪染めは嘘をついているのと同じで、一度嘘をついたら死ぬまで嘘を貫き通すことになる。染めなければよかったと今ごろになって思う。自然に任せた方がいい。その方が楽である。そうしたら、白髪が似合う顔になっていたはずである。

しかし白髪はまだいい。薄毛が目立つようになると、それどころではない。髪を染めたって、毛が薄くてまばらだと、地肌が見えて黒髪どころではない。ウディ・アレンのように、頭のてっぺんに毛がなくても、最初から隠さなければ隠さないで、それでいいのである。

薄毛が目立つようになったら、人前に出たくなくなってしまった。ライブで最後に礼をするときも「あー、バレてしまう」と毎回思った。ハゲを隠すのに、ターバンを巻いたり、帽子をかぶったままの人がいるけれど、僕はどうすればいいだろう。

チビ・ハゲ・デブ、三拍子揃ってしまった。お腹のぽっこりは、自分の努力次第で直すことができるだろうけれど、頑張れない。恋する相手がいないとできない。恋人がいたときは、一日三回もお風呂に入り、足のかかとまで手入れをしていた。いつ抱き合ってもいいように、準備万端であった。ところが、恋する相手がいないと、途端にだらしなくなってしまう。そういった意味でも、一生恋はすべきだろう。

プールも行かず、運動もせず、ビールを飲み、デザートに甘いものをつまみ、これでは、お腹ぽっこりは直らない。何を着ても服が似合わなくなる。

歳をとるともう女の子とは遊べない。若いうちにもっと遊んでおけばよかったと、つくづく思う。そして、普通の生活をしていて、ある日突然、息をひきとることができたらいいのだけれど。

認知症の老人が職員に暴行を受けている映像を見たので、どこの老人ホームが安全に過ごせるか、ネットで調べていたら、結局わからないので嫌になってしまった。

同年代の女性とそんな話をしていたら「母が認知症になって介護していたけれど、あんまり言うことを聞かないので、私、母親を叩いてしまったことがある」と教えてもらった。ふだん優しい人なのに、つい感情的になってしまうことがあるのだろう。

子どもに看てもらっても、施設に入って介護士さんに看てもらっても、面倒をかければいじめられてしまう。

「家、ついて行ってイイですか?」(テレビ東京)の放送でも、長年連れ添った認知症の奥さんを九年間介護していて、首を締めかけたことが何度もあったというシーンがあった。

何年か前、娘さんが車椅子に乗せて外に連れ出している父親に対し、すごい剣幕で路上で怒鳴り散らしている場面に出くわしたことがある。お粥を作ってあげているのに、それを食べないのだから、世話がやけるって、ほっぺたをひっぱたきながら、怒っている。娘さんは怒りを抑えきれない。おじいさんは無表情のまま何の抵抗もない。

よほど止めようと思ったが、よその家庭の事情に口出しするのは失礼に当たるかとためらわれた。暴力を受ける側だけが辛いのではなく、世話をする側にも葛藤がある。誰もが当事者になりうる。歳をとるのが憂鬱になった。

8.
別れても仲が良いのはいいものだ

かつての恋人から便りが届いた。「よぴおと犬は元気ですか？　しばらくライブしていないのが心配です。体調崩していなければいいんだけど」（2018.8.14）

別のもと恋人からもメールをもらった。「しいこさんが良くなっていること、願っています。よしおもお体、大切にしてね」（2018.12.15）

「よしおちゃん☆」「よっちゃ」と呼んでくれる女の子もいた。

別れても気にかけてくれるのは嬉しい。好き同士だったけれど、事情があって別れることになったわけで、お互いに感謝しあっている部分があるから、遠くにいても、お互いの幸せを願っている。

桜

夢だけを追いかけて
君だけを追いかけて
桜の樹の下で
君を抱きしめたい

なんて君は可愛い
こんなにあふれて
ふたりの身体から
歌がこぼれだす

夏は雨に打たれて
秋は空を見上げて
冬は雪に埋もれて
君を抱きしめたい

8. 別れても仲が良いのはいいものだ

悲しい性欲

僕は純情　君はＯ嬢　悲しい性欲
一度だけの約束で　あなたに逢えたら
ただそれだけのために　ただそれだけのために
なんのまじりっけもなく　なんのまじりっけもなく

僕は純情　君はＯ嬢　悲しい性欲
大好きなあなたは　僕のかたわれ
いっぱい笑いあって　いっぱい包みあって
ぴったり隙間なく　ぴったり支えあえたら

幼い頃から　思ってたこと　いつも独りで　してきたこと
恥ずかしくもあり　おかしくもあり　醜くもあり　美しくもあり
さみしい時　狂いそうな時　明日もきっと元気になれるさ
空しくても　切なくても　熱い生命があふれてくる

僕は純情　君はO嬢　悲しい性欲
本当はあなたを　抱きしめたいのに
見ず知らずの人や　名も知らぬ人の中に
バカみたいなことだけど　今でも愛を求めてる

9. 上品な人、下品な人

娘に「もしも間違って君と結婚したら、一週間持たないだろうな」と明言した。「私だってそうよ」と娘は言い返したいだろうが、実際そうなのだ。自分を棚に上げて勝手極まりないが、キツイ女だったら喧嘩になってしまう。お喋り女ならうるさくて勘弁してくれと夜逃げする。

僕と一緒に暮らせる人はなかなかいない。自覚している以上に、変人で変態で内向的で自己中心的だからだ。それでいて、そばにいる人には空気のような存在であってほしいと要望も多い。五十年間、一緒にいるしい子はまれであり、最適で最高だ。しい子でなければ続かなかった。

実は結婚するときにもう一人花嫁候補がいた（といっても僕が一方的に思っていただけだが）。どうしてしい子を選んだかというと、しい子とならば安定した家庭を持てそうな気がしたからである。小悪魔的な魅力があったもう一人の女性は、ドラマチックな人生を送れるかもしれないが、波瀾万丈すぎて結婚生活には向かないと何となく感じていた。勘は当たる。当たらなければ勘とは言えない。第一印象でだいたいわかる。ゆえに、僕が好きになった女性はみんな性格がいい。

けれど一度だけ間違いがあった。可愛くてステキだなと思い、相性ぴったりの気がして、友だち以上の仲になりたかったわけだが、彼女に想いは届かず、時は過ぎていった。人は優しくされたからといって、好きになるわけではなく、優しくしたくなる人を好きになるのだ。

あるとき、焼肉を一緒に食べているとき、僕が放った一言に彼女は突然怒り出した。僕としては悪気があって言った覚えはないから、そんなことで怒られることが不愉快で間髪入れずに怒り返した。それっきりお互い意地を張って仲直りすることはなかった。ただし、仕事の関係で、二、三日一緒にいなければならなかったため、気まずい数日を過ごした。

とどのつまり、距離をつかめなかった僕が悪いのだが。S極とS極が反発しあうように似たもの同士はぶつかりあってしまう。

もしも間違って結婚していたら、とんでもないことになっていただろう。憎しみあったまま離婚することになる。思い起こせば、彼女はキツイ性格だった。母親との電話のやりとりを聞いてキツイなと思った。「だから何よ。そんなことで電話かけてこないでよ。何事かと思っちゃうじゃないの」と怒っていた。母親に対してそんな言い方はないのになと思った。

友だちならば、仲間ならば、多少の失言があっても、大目に見るくらいが友情というものである。言葉尻を捉えて、怒り出していたら誰ともうまくいかない。悪く解釈するのではなく、よく解釈するというのが仲間というものだ。

一緒に暮らせる人と、暮らせない人との違いは何だろう。美人不美人は関係ない。仕事ができるできないは関係ない。バカか利口かも関係ない。

品が備わっているかどうかだ。

いいところの生まれだから品があるとは限らない。悪いところの出だから下品だとは限らない。品があればいいというものでもない。下品でもステキな人はいる。上品でも魅力がない人はいる。本当に美しい人は自分が美しいとは思っていない。次の田辺聖子の言葉がぴったりだ。

「下品な人が下品な服装、行動をとるのは、これは正しい選択であって下品ではない。しかし下品な人が、身にそぐわない上品なものをつけているのは下品である。また、上品な人が、その上品さを自分で知っているのは下品である。反対に、下品な人が、自分の下品さに気付いていることは上品である」（田辺聖子『上機嫌な言葉３６６日』文春文庫）

10.
天使の羽

右腕にひょろひょろと白い毛が二、三本生えている。わざと取らずにほっぽっといている。しい子は取りたくてしょうがない。「みっともないから、取ったほうがいいわよ」と言う。僕は「ケメ子が取っちゃダメっていうんだよ」と嘘をついて、イラつかせる。ケメ子は架空の恋人だ。しい子は「あほくさ」と捨て台詞を吐いてあきらめる。そんな会話をしい子と何度交わしたことだろう。

一人でご飯を食べるほど虚しいものはない。やはり、美味しいねと言い合える人とでなきゃ、美味しくない。一人だと高級品を食べたいとも思わない。外食で一人で食べるのも寂しい。美味しくない。気の合う人となら、なんでも美味しい、公園のベンチで食べても美味しい。

初めて一人で箱根の日帰り温泉に行ってきた。しい子がいなくなってしまった以上、一人で行くしかない。箱根湯本まで、新宿から小田急ロマンスカーに乗る。

源泉掛け流しの湯は気持ちいい。建物の造りが立派だし、シンプルでセンスがいい。湯船は衛生的、従業員は感じが良い。それでいて料金は良心的だ。不思議だ。いい施設は全部いい。いい人は全部いい。お昼は、サッポロラガービールに蒸し鶏と温泉玉子のサラダとうな重を食べた。

「ゆきちゃん、急激にいい子になったわね」と犬仲間から褒められた。「えっ、そうですか？　ほんの少しずつ良くなってきたけれど、急激とは思えないな」「いや、急にいい子になったわよ。奥さんがゆきちゃんの中に入ったのよ。天使の羽が証拠だもの」

茶色の背中に羽の形をした白い毛が生えている。この白い毛は何だろう。子犬のころハーネスを付けていたので、水着みたいに日焼けしていない部分なのかなと思ったら、柴犬特有の天使の羽だと教えてもらった。天使の羽のように思えるだけで、もちろん、しい子が入っているかどうかはわからない。

ふたりの娘にしい子の形見分けをしようとしたら、「このネックレスは、ママが私にくれるって言ってたから」「東京オリンピックのメダルは私がもらうから」などと取り合い

になってしまった。争いのもとになりそうなので、いったん保留することになった。
まさか、こうなるとは思っていなかった。しい子が見ていたら、さぞかし嘆くだろう。それまで、そんなに仲が悪いわけではなかったのに、ふたりともママが大好きなあまり、どうしてもこれだけは私が欲しいという具合になってしまったようだ。

しい子がいなくなってからというもの、どのように暮らしていけばよいかわからなくなってしまった。僕が船長のようだったけれど、本当のところは、しい子が船長だったことに今さらながら気づく。どこに向かって行けばよいかがわからない。舵が取れない。雨風が強いわけではなく、ただ、波に揺られているだけなのに、沈没しそうだ。楽しくない。楽しみがない。行きたいところがない。食べたいものも、見たいものも、欲しいものがない。ずうっとボーッとしている。

しい子との出会いから別れまでを書こうと思った。いろんなことがいっぱい思い出される。うまくまとまらない。けれど、書いている最中だけは元気になれる。書き上げなければ自分が終わらない気がした。僕が書きたいことは、しい子の面白さだ。こんなおかしな夫婦がいたということを書き留めておきたい。

第二部

II.

赤色のワンピース

僕たちの出会いは、ともに十八歳だった。和光大学人文学部人間関係学科の第一期生で偶然同じクラスになったのがきっかけである。しい子が自己紹介で何を喋ったかは忘れたが、赤色のワンピースを着ていたことだけは鮮明に覚えている。

一人やけに老けている学生がいた。おそらく二十歳を超えていたのだろう、パイプを咥《くわ》えながら「クラシックが趣味で、レコードを聴いただけで演奏者がわかります」と自慢していたので、キザな奴だなと思った。

その日、小田急線鶴川駅に向かうでこぼこ道を一人で歩いているしい子に「いつもどこで遊んでいるの」と話しかけた。赤色のワンピースと真っ赤な口紅だったので、ただ単純に、遊んでいるふうに思えたのである。すると「遊んでない。喫茶店にも入ったことがない」という意外な返事だった。

自宅が同じ方向だったこともあり、その後も何度か一緒に帰るようになった。ときには四谷で降りて飯田橋まで線路ぎわの遊歩道を話しながら歩いた。そのうち、入学したばかりなのにまるでもう付き合っているみたいにみんなに思われてしまうから、一緒に帰るのをやめたいと言われた。それもそうだと、しい子に従った。

授業は高校のときと違って教科書ガイドがなかったから、僕はさっぱりわからず、授業についていけなかった。そこでもっぱら、『和光』という雑誌を仲間と作ったり、劇団に通ったり、バンド活動をしていた。そして、何があるわけでもないのに「新宿風月堂」という喫茶店にほぼ毎日のように通っていた。

風月堂には様々な人が集まっていた。他の場所では浮いてしまうような、やや薄汚い格好をした一見芸術家風の、といってもその卵のような、役者や絵描きや詩人やヒッピーなどが多かった気がする。気がするというのは、お互いに誰をも干渉しなかったから、本当のところは知らないのである。

視線を感じない、群れをなさない、それぞれが自由で、客同士が仲良くなるわけでもなく、店の人も決して客とは馴れ合わない。そこが僕は好きだった。

大きな吹き抜けの空間をうすーくクラシックが流れていて、話し声はあったが、僕にはとても静かな落ち着ける空間であった。店の奥の暗い方ではなく、僕は入ってすぐそばの明るい窓際の席に座って、いつも道ゆく人を眺めていた。「ビートルズ、つげ義春、新宿風月堂」が僕の青春だった。

「第一回ジャックスショー」を開いて、しい子を誘った。あとで感想を求めると、「歌は印象に残らなかったけど、膝小僧がセクシーでした」という返事をもらった。半ズボン姿で歌っていたからだが、まさか膝小僧を褒められるとは思わなかった。


ある日、学校の帰り、僕の家で話をしているとき、

「どういう人と結婚するの?」と尋ねてみた。すると、

「一番最初にプロポーズしてくれた人と結婚する」と言う。

「えー? もしも、嫌いな人からプロポーズされたらどうするの?」と心配すると、

「嫌いな人がプロポーズしてくるはずがないもの」と予期せぬ答えだ。

「じゃ、僕がプロポーズしたら結婚してくれるの?」と聞くと、

「うん」とうなずいた。

なんだか罠にはまってしまったような感じであるが、嬉しかった。畳の部屋で寝転びながら初めてキスをした。

すぐに父親に結婚したい旨を話すと、意外にも「いいよ。悪い女に捕まってしまうより早い方がいい」と経済的に自立してもいないのに賛成してくれた。兄弟の中で僕だけが家出をしたり、父の言いなりにならなかったから早く落ち着かせたかったのだろう。

親同士の見合いをすることになった。うちは神田で既製服製造卸、しい子の家は日本橋浜町で呉服問屋をしている。どちらも商人の家で、末っ子だった。

父が「よしおは結婚式をしないっていってるんですけど、それはまずいですよね」としい子のお父さんに賛同を求める。すると「本人の希望通りがいいと思います」と返ってきたので、父は「こりゃ変だ」と思った。

髪を背中まで伸ばして、サングラスをかけている息子を見て、本来なら、結婚を断られてもおかしくないのに「どうぞもらってください」というのは、きっとおかしな家のおかしな娘なんだと父は疑い、知り合いに家庭調査を依頼したほどだ。

12.

秘事

親子ほど年が離れている長男が結納金を渡しに行った。父が区役所に婚姻届を出してくれた。そういう手続きは僕は無頓着であった。結婚記念日がいつなのかもふたりは知らない。

新婚旅行も行かない。指輪も花束も甘い言葉も僕は贈ったことがない。あとで「結納金で指輪、買っちゃった」としい子から知らされた。

父が代田橋に家を買ってくれた。ひどくボロっちい家だ。三角形の土地に、四畳半の和室と小さな板の間、狭い台所に組み取り式の便所。僕はトタン塀と汚れたふすまにペンキを塗った。

しい子のお父さんが家を見に来て、「結構なお屋敷を拝見させてもらいました」と父にお礼を言いに行ったので、「お屋敷なんて言うから、恥ずかしくなっちゃったよ」と父は照れた。義父は落語や川柳をたしなむ人で、しい子の話によると冗談を本気のように言える人だったらしい。

初めてしい子にお酒を飲ませた日、夜中にぼんやりと目が覚めたら、板の間でしい子がしゃがんでいる。うつらうつらだったので僕はそのまま眠ってしまったのだが、翌朝確認してみると、おしっこだったので可愛いなと思った。

静代のことを「しい子」と呼ぶようになったのは、たっちゃんというすぐ上のお姉さんが「しいこさん」と呼んでいたからで、いつのまにか伝染してしまったのである。

たっちゃんとしい子は気が合っていて、よく家に遊びにきたり手伝いにきてくれたりした。吉行淳之介を愛読している色っぽいお姉さんだった。しい子を真ん中にして三人で寝たときがあった。たっちゃんに気づかれぬよう、気づいていたかもしれないけど、うしろから入れた思い出がある。それがあまりに気持ち良かったので、しい子との秘事はそれしか記憶がない。


歌を歌っているだけでは生活ができなかったので、一時期しい子が父の会社で働くことになった。慣れない仕事のため、何かへまをしたらしく、父から電話があった。しい子が怒られている。しい子は謝りながら泣いている。すぐに僕は受話器を取り上げ、父に向かって「バカヤロー、静代を泣かすんじゃない」とものすごい剣幕で叫んだ。しい子を愛するのも泣かすのも俺だけなんだという意思表示であった。

赤ん坊が明日あたりに産まれるという日、普通の夫ならそわそわするのだろうけれど、僕はいつもと変わらず「行ってきまーす」と仕事で大阪万博に出かけてしまった。

その場面を今でも覚えている。ピンク色のマタニティドレスを着て、大きなお腹を抱えたしい子が一所懸命、手と膝で這いつくばって、笑顔で見送ってくれた。数日前に足のタコを近所の病院に診せに行ったら、元軍医さんから足の裏を乱暴に切られてしまったのだ。

年子で次女が産まれた。お風呂屋さんに行くときは、おんぶに抱っこ、雨の日は傘をさし、その光景が目に浮かぶ。いつも同じお風呂屋さんへ一緒に行っていた。手伝った記憶がない。番台のおばさんからも夫婦だとは思われていなくて、「弟さんが外で待っているわよ」としい子は声をかけられた。

のちに鎌倉に住んでいたときも、近所の年配の奥さんから「息子さん?」と間違われたことがある。「いいえ、主人なんです」と答えると、ひどく恐縮されたらしい。そんなとき、しい子はいつも笑っている。

しい子は誰に対しても人当たりが良かった。本屋を営んでいたときも、赤ちゃんからお年寄りまで楽しそうにお話をしていた。僕とは大違いだ。僕はいつも不機嫌で、お客さんとの会話はぎこちなく、隣近所ともろくに挨拶を交わさなかった。

「しい子ちゃん、モテるでしょ」とおだてると、「声をかけられたのは、商店街で水商売の勧誘をされたのと、病院のエレベーターの中で、点滴をしているヨレヨレのはだけた浴衣《ゆかた》を着たおじいさんから「か、か、わいい」とつぶやかれただけ」と言っていた。

姉たっちゃん（左）と　*With her elder sister Tacchan (left)*

13.

たましいは生きている

父は胃がんで亡くなった。母は寂しくてチャコという柴犬と暮らし始めた。同じころ、僕たちは「早川書店」を閉じて鎌倉に引っ越した。兄弟が交代で母の家に泊まりに行くことになった。僕は歌う仕事を優先していたので、母のところへはしい子に行ってもらうことにした。

僕も泊まったことはあるのだが、正直、居心地が良くなかった。かつては同じ屋根の下で暮らしていたこともあるのに、まるで赤の他人の家に寝泊まりするような窮屈感があった。生活のリズムが違う。食事の好みも、観るテレビも、話題も違う。親と住むのは難しい。

しい子にとっては義理の母だから、なおさらである。それでも文句を言わず、「お義母さん耳が遠いでしょ。深夜、テレビから聞こえてくる演歌がうるさくて、缶チューハイ二杯飲んでも寝られないのよ」と不満を笑いに変えてくれた。

しい子が鎌倉に戻ってくるときは駅まで迎えに行った。夕飯を作らなくて済むように、ご褒美というわけではないが、せめてものお礼のつもりで、「やきとり　ひら乃」や「ミルクホール」に出かけた。

母の話をしい子からよく聞かされた。僕には一言も言わないようなことを母はしい子には喋っていた。たとえば、「お父さんが強くてね、求められるから、すぐに子供ができちゃうのよ。感じなければ子供ができないって聞かされていたから、私はずうっと感じないように我慢していたの。子宮を休ませなきゃいけないでしょ。それでも八人産んじゃった。でも生理が上がって、それからが気持ち良くなったのよー」と返事に困るような話だ。「今の若い子たちは、あまりセックスしないっていうじゃない。あんたたちのところはしてるの?」「してないです」「よっちゃん、女いるんじゃないの」「いますよ」「あんたね、口紅の一本も塗って、もっとなまめかしい格好をしなきゃだめよ」と注意されてしまった。しい子はコム・デ・ギャルソンの黒っぽい服ばかり着ていたからだ。「口紅を一本も塗ったら、すごいことになっちゃうのにね」としい子は笑う。

ある日、僕が泊まると「幸子が知り合いのNHKの人に、よっちゃんの歌を推薦しておいたって言ってたわよ」と母から聞かされた。僕はそういうことが大嫌いなので、「余計なことしなくていいんだよ」と幸子姉ちゃんに怒るべきところを母に怒ってしまった。

母のところへ交代で行かねばならない義務感みたいなものがどうしても好きになれなくて、それで強くあたってしまったのかもしれない。僕が年老いたら、子どもに面倒をみてもらうのはよそう。みんな自由に生きて行けばいいんだ。何かをするということは、やりたいからやるのであって、やりたくない人はやらなくていいのである。

深沢七郎が書いていた。「したいことが正しくて、したくないことは間違っている」ことだと。

母は自分のせいでもないのに、謝った。その日、僕はふくれっ面のまま母の家に泊まった。


明け方、廊下をチャコがカッカッカッと足音を立ててやって来る。ふすまをすーっとあけ、僕の掛け布団をめくり、胸元をトントンとたたく。「よしお、そんなに怒るもんじゃないよ」と言う。その声が父の声であった。

夢なのか現実なのかがわからない。はっとして起きたが、チャコはいない。もちろん父もいない。夢なんだろうけれど夢だとも言い切れない奇妙な感覚を味わった。あー、チャコの中に、お父さんが入っているのだと思った。

霊感がするどいとか、あなたの前世は何々ですとか、そういった類のことは僕は信じな

い方なので、チャコの中に父が入っているなんていう話を人に信じてもらうつもりはない。ただ勝手に僕がそう思っているだけだ。

死後の世界がどうなっているのかは知らない。たましいはどこを彷徨《さまよ》っているのかも僕は知らない。でも、チャコの中に父のたましいが入っていると思うことは自由である。

数年後、今度は母が亡くなった。お通夜の日にチャコを鎌倉に引き取った。先輩の猫のミータンと廊下ですれ違うと、お互い緊張して目を合わさない。きっとチャコは、「よろしくお願いします」と頭を下げたいところだ。翌朝、砂浜に着くとおしっこをして、波打ち際では飛び跳ねていたので安心した。

外出着に着替えると、チャコは「えっ、どこ行くの。私もついてく、置いてかないで」と言わんばかりに、そわそわし出す。家に戻れば、目尻を下げ、ボールをくわえ、お尻をふりながら、満面の笑みを浮かべて玄関まで迎えに来てくれる。犬が笑うことを初めて知った。あー、チャコの中に今度はお母さんが入っているのだと思った。

鎌倉は三方が山、一方を海に囲まれている。海は一日たりとも同じ景色はない。沈む夕日もキレイだ。チャコは太っているからよたよたと歩き、砂浜に座り込んでしまう場合がある。そんなとき、しい子はチャコを抱っこしながら「今度、犬を飼うときは歩く犬にするんだー」と言って犬仲間を笑わせた。

十五歳を過ぎた頃、同じところをぐるぐる回ってしまう病気になった。夜泣きや徘徊もするようになり、認知症と診断された。もう駄目かなと思っていたが、僕が沖縄ライブから帰ってくるのをチャコは待っていてくれた。

夜中チャコを抱きながら寝た。チャコは抱かれながら目を見開いてずうっと僕を見ている。朝になっても抱き続けていると、やっと安心したように、静かに息を引き取っていった。しい子とふたりで「チャコちゃーん」と声をかけると、一瞬生き返って、目を開き、口をパクパクとさせてから死んでいった。あー、たましいが「ありがとう」って言ったんだねと、しい子と同じことを思った。

14.

一人暮らし

チャコが亡くなってからは海岸を散歩することができなくなってしまった。犬仲間と出会っても何を話せばよいかわからない。泣けてきそうだからだ。

ピアノを弾けば、食器を洗う水の音でイライラし、ライブの打ち上げがあると終電を逃してしまう。東京に仕事部屋のようなものがあったらいいなと前から思っていた。しい子も結婚当初から、とくに本屋時代、ずうっと毎日、朝昼晩、僕と顔を突き合わしていたので、さすがに鬱陶しく思えてきたのだろう。

お互い趣味も違うのだ。「温泉に行こうよ」と誘っても、「一人で行ってらっしゃいよ」とつれないし、「船で世界一周なんてどう?」と奮発しても、「女と行ってくればいいじゃないの。二年でも三年でも十年でも帰って来なくていいから」と言われてしまう。

僕は一人暮らしをしたことがないので憧れもあった。内緒で女の子が遊びに来たりして、さぞかし楽しいだろうなと、そんな期待を込めながら、マンション探しを始めた。しい子も一緒に探してくれた。

いくつも見てまわった。気に入ったところは当然高くてローン審査が下りなかったりで、諦めかけていたころ、しい子が「これどう?」と持ってきた物件を最後のつもりで見に行ったら、それが良かった。

地下室である。けれど、大きめの窓先空地がついているから部屋には十分陽が差して明るい。窓から見える景色はタイルの壁と植栽だけであるが、道行く人と視線が合わないから、まさに隠れ家であった。

初めは自宅と仕事場を行ったり来たりするだろうと思っていたのだが、一人暮らしは快適で、自宅に戻らなくなってしまった。つまり、六十歳にして僕らは別居する形になったのである。といっても、仲が悪くなったわけではないから、しい子は週に一、二度、東京での習い事の行き帰りに、食料品を持って部屋に立ち寄って、お昼ご飯を一緒に食べるのが習慣となった。デパートの紙袋をぶら下げて、「おまんたせしました」と僕を笑わせながらドアが開く。

洗面所の棚に女性用の化粧水や歯ブラシがあっても、彼女が描いた絵を壁に飾っても、全然気にしない。ときには、伊勢丹で買ってきた服を「これ可愛いでしょ」と僕に見せ「うん」と答えると、「彼女に似合うんじゃないかしら」と勧める。自分が着てもいいし、彼女が着てもいいし、というつもりで選んだのだろう。

娘がもうひとり生まれたとでも思っているふしがある。彼女が喜んでくれれば、しい子も嬉しいのだ。どうして似合うかどうかが分かるのかというと、僕の女性の好みや服の趣味を知り尽くしているからだ。そして、ワイシャツやTシャツ、ハンカチやパンツにまでアイロンをかけてから、「おじゃまんこしました」と言って、さらりと帰ってゆく。

あるとき勧められたのは、ウエストがゴムのふんわりしたグレーのスカートだった。袋に入っていないから、しい子が試着したあとなのかもしれない。でも僕の好みで、彼女に似合いそうだったので、後日、彼女に「どうかな?」と穿いてもらった。するとポケットから、とんでもないことに黒いヘアゴムが出てきた。手渡されたとき、僕はしどろもどろになってしまった。

長い付き合いだからわかるのだが、しい子が仕掛けたとは思っていない。ただ単にずぼらで無神経なだけだ。それが直接の原因ではないが、僕は数ヶ月後にふられてしまった。

僕はよくふられる。いつも同じパターンだ。二、三年は続くのだが、だんだんと彼女が遠ざかってゆく。気がついた頃には、他の男と結婚をしている。四人中、三人がそうだった。話し合いはしないから、捨てられる理由は聞いていない。しかし理由は明白だ。彼女にとっては、得るものより失うものの方が多かったのだろう。僕が劣っていたのだ。

どうして一番盛り上がったときに「結婚しよう」と切り出せなかったのだろう。恋愛をするたびに、離婚と結婚を繰り返して行けば、恋愛がいわゆる不道徳にはならず、ふられることもなく、悲しみを味わうこともなく、自信を失うこともなく、薔薇色の人生を送れたかもしれない。そのときのために慌てぬよう、争わぬよう、予行演習だけはしていたのだ。

「離婚して欲しいと頼んだら、しい子してくれる?」と尋ねてみる。すると最初は「もらうものもらって行きますからいいですよ」とつまらない返事だったので、がっかりした。でも次からは違った。

「いいわよ。じゃあ、今度は、私が愛人になるわ」とおかしなことを言う。冗談か本気かがわからない。その次は、

「いいわよ。そのかわり、私をペットとして連れて行ってちょうだいね。ベッドのそばで

もおとなしくしてるから」と健気《けなげ》だ。

しい子は、僕を笑わせる係だった。唯一の女ともだちであった。

15.

犬仲間

恋人になってくれた人たちへの感謝は今も変わらない。恋が愛へと昇華していくような感覚だ。けれど、女性は恋人を別名で保存していくのではなく、上書きしていくというから、すでに過去の男である僕は消滅してしまう。

あきらめて、これからは柴犬と散歩することにしよう。

郊外のホームセンターにあるペットショップまで出かけた。運命的な出会いをしたかったが、柴犬は一頭しかいなくて、あとは他の犬種だから選びようがない。販売員のお姉さんが持っているおやつ欲しさにバタバタしているだけで、目と目が合わない。でも、せっかく遠くまで来たのだからこの子にしようと思い、一緒についてきてもらったしい子に「どう?」と聞くと「よしおさんが飼うのだから、いんじゃない」と冷たい返事だ。

かつてチャコの最期を看取った大変さを知っているから、「犬よりも女にしなさい。犬はご飯作ってくれないでしょ」とさんざん忠告を受けていたのだが、僕がいったん言い出したら曲げないことをわかっているから、反対はしない。

「今日連れて帰る」と言うと、「えっ」とびっくりしつつも、しい子はしぶしぶ従ってくれた。段ボール箱に入れた子犬と組み立て式の大きなケージを持って、電車を乗り継いでやっと家にたどり着いた。車内では鳴かなかったので、案外いい子じゃないかと思ったのもつかの間、家に着いた途端キャンキャンキャンと鳴き始めた。なんで鳴いているのか理由がわからない。

こりゃ一人では手に負えないと思い、しい子にお願いして泊まっていってもらうことにした。しい子は鎌倉に帰る予定だったのだが、子犬の世話のために、この日を境にして、しい子と僕はまた一緒に暮らすようになったのである。

名前は母の名を拝借して「ゆき」と名付けた。しい子とふたりで、参ったね、困ったね、どうしようかと、ゆきの視界に入らない場所に隠れて密談し、寝室でご飯を食べたりした。目が合うと訴えるように吠え続けるからだ。夜中に仕事から戻ったときは、鳴かれたら近所迷惑になるので、お風呂に浸かりながら食事をしたこともあった。

購入先のペットショップに事情を話して、どうしたらいいのか助けてもらおうと電話をしてみた。すると、言うことを聞かない場合は、暴れても上から押さえつけて、飼い主の方が強いんだぞ、ということを示して下さいと言われた。その通りにやってみたけれど、いったい、この方法は正しいのだろうかと疑った。いじめているようで、情けなくなってくる。

広々とした田舎で保護犬二頭と暮らしている友だちに相談してみようと思ったが、ペットを持て余しているなんてみっともないことだからやめた。長女に愚痴をこぼすと、「もう少し頑張って育てれば大丈夫だよ。きっとうまく行くよ。それでもダメな場合は私が引きとるから。もう家族なんだから」と諭された。

公園で黒柴の子犬を連れているK氏と出会った。散歩デビューの時期が同じで、同じようにやんちゃなため、ちょうどよい遊び相手だ。喧嘩でもしているのではないかと思えるくらいの勢いでじゃれあう。社会性を身につける上で、じゃれあうことはいいらしい。

K氏は早々と訓練士さんからの指導を受け始めた。犬のしつけは、飼い主も同時に教わると聞いていたので、僕は自主的に学ぶのはいいけれど、人から教わるのが苦手なので頼まなかった。

コーギーを飼っている人から、「子犬はみんなやんちゃで、二歳ぐらいになれば落ち着いて、いたずらしていた頃を懐かしく思うわよ」と励まされた。ゴールデン・レトリバー

を連れている人からは、「ゆきちゃんは訓練所に入れなくても大丈夫じゃないかな」と助言してもらえたので、なんとか自力で頑張ってみようと思った。

柴犬は番犬の血が流れているせいか、不審な人を見かけると吠える。突然の音もだめだ。身の危険を感じて、いちいち吠える。キャリーバッグのガラガラ、小さな子どもの予測できない動き、スケートボード、中学生の鬼ごっこ、後ろ向きで歩いている人、救急車のサイレン、果ては、好意的にじっと見つめられても吠える。

ほんのちょっとの変わった動きや音に対して敏感だ。獣医さんからも柴犬は神経質だからと言われた。保健所に持ち込まれる犬種のトップが柴犬であることからも、いかに柴犬は気難しいかがわかる。

そういえば、うちの母親がチャコを飼っていたときも、スリッパを噛んだり、いたずらをして困ると漏らしていた。「でも、こんこんと言い聞かせれば、涙を垂らしてわかるのよ」とも言っていた。

「お母さん、チャコちゃん、どうしたんですか？」とチャコの皮膚の異変に気付いたしい子が尋ねると、母は「円形脱毛症」と答えた。チャコを八歳で引き取ったときは、それはもうしつけ済みだから、いい子だった。

訓練士の指導は受けなかったが、ゆきは見知らぬワンちゃんに出会うと吠えることがあるので、週に一度、保育園に預けてみることにした。みんなと遊ぶだけで効果があるのかどうかわからないけれど、ゆきも喜んでいるようだし、ちょっとずつ良くなっていくような気がする。

夕方迎えに行くと「みんなとよく遊びます。遊び方が上手」と報告を受けた。この間は「ゆきちゃん人気で、みんな、ゆきちゃんと遊びたがります」と言われたので、「僕もあやかりたいな」と返したら、トレーナーの女の子は困ったように硬い表情で笑ってくれた。

犬仲間というのは犬の名前だけで呼びあう。飼い主の名前、住所、職業、家族構成などは知らない。会えば「おはようございます」と挨拶を交わし、犬同士の仲が良ければ、立ち止まってお話をする。それぞれの家庭に深く首を突っ込むようなことはない。リードが絡めば「あっ、ごめんなさい」と言ってほどき、帰るときは「ありがとうございました」と遊んでくれたお礼を言って別れる。居心地がいい。

16.

プレゼント

犬仲間には、おやつをくれる人がいる。しつけをするときのご褒美ならいいのだけれど、寄ってきた犬全員にあげる。ゆきなどは、まだ道端に落ちているものを食べようとするから、無闇にあげたくないのである。

最初、ゆきも欲しがってもらってしまったので「ありがとうございます」とお礼を言ったが、地べたに落として食べさせたので（嚙まれそうに思えたからなのかもしれないが）、それからは、近寄るのをやめた。

ある飼い主さんは「アレルギーがあるから」とスマートに断っていた。僕もそのセリフを真似することにした。そしたら、「このお菓子はアレルギー体質のワンちゃんにも大丈夫だから」と無理やり手渡されてしまった。なるべく角が立たないようにと断っても、なんの効果もない。察してくれない。

あげたくてしょうがないのだ。気持ちはわかる。悪意はない。喜んでもらいたいのだ。犬が好きであり、犬からも好かれたいのだ。

ところが、誰もがプレゼントを欲しがっているわけではない。たとえば僕などは、義理チョコなるものを渡されたりすると、「あなたは恋の対象ではないですよ」と、告白したわけでもないのに断られているような気分になる。

昔、栗本慎一郎の本を読んだとき、「プレゼントというのは、相手を支配したいためにある」という主旨の一文を読んで、なるほどと思った。プレゼントを渡す人は、まさか「相手を支配しよう」なんて、微塵《みじん》も思っていないだろうが、無意識の部分にそういう気持ちが横たわっているかもしれない。「支配したい」という言葉が強すぎるならば、面倒を見たい、感謝されたい、好いてもらいたいという気持ちがまったくないとは言えない。

実は僕も気になる人が現れれば、喜んでもらえるようなものをあげたくなる。何か気の利いたプレゼントをして、その人との距離をもっと縮めることができないものだろうかと思う。好きという気持ちをモノで表現することができるならば、そうしたい。たくさんあげたい。ところが、モノやお金で愛情は動かない。

人からもらったプレゼントというのは、あげる人が考えるほど、それほど喜ばれなかったり、美味しいと思ってもらえなかったりする場合がある。たとえば、お守りなどをもらってしまうと、お詣りなどに行く習慣がない僕などはどうしてよいか困ってしまう。ありがたいというよりも、申し訳ない気持ちになる。犬仲間が渡すおやつのように、優しさがもしかしたら相手を悩ませてしまう場合だってあるのだ。

そういえば、水天宮の安産祈願の御神札《おふだ》を近所の出産間近の妊婦さんに渡したらすごく喜んでもらえたと、しい子が嬉しそうに話していたことを思い出した。普通プレゼントはみんな喜ぶものなのだ。思いやりや好意の表れなのだから。僕が間違っている。何だかバチが当たりそうだ。

内田百閒の家の玄関口に貼りつけてある、「世の中に人の来るこそうれしけれ　とは云うもののお前ではなし」という心境がわかるのは、どうしてなのだろう。

でもこれからは、しい子を見習おう。こだわるのは自分にとって一番大切なものだけにしよう。小津安二郎が言うように、「どうでもよいことは流行に従い、重大なことは道徳に従い、芸術のことは自分に従う」。

僕の家は誕生日パーティーやクリスマスなどをやらない家だった。学校の友だちともプレゼント交換をしあった記憶がない。家庭を持ってからも、それぞれの誕生日を祝うこと

はしてこなかったような気がする。いや、あったかもしれないがどうも思い出せない。特別な日であることが気恥ずかしい。

年老いてからは、しい子の誕生日だけは一緒にデパートに行って服を買ってあげた。気に入ったものがなければ無理しては買わないが、その代わり、毎月誕生日がやってくることもあった。出演料が入って、たまにお小遣いをあげるとしい子は子どものように喜んだ。

17.
「普通の人」

あるとき、K氏と公園を散歩しながら、犬仲間の女性陣の中で「誰が一番普通かな」という話で盛り上がった。「普通」というのは「くせのない人」という意味である。人はどうしても何かしらくせがあって、話し方や笑い方や表情や声質に、その人の性格が現れてしまうものだが、そのくせが可愛かったり、色っぽかったり、ステキならばいいけれど、だいたいにおいて、くせは気に障る。

道端で挨拶をしたり、ちょっと立ち話をする程度なら、相手のくせがどうあろうとかまわないが、もしもずうっと一緒にいたらどうだろうか。何かの縁で、あるいは何かの間違いで、一緒に暮らすようなことになったら、楽しいだろうか、それとも楽しくないだろうかと想像してみる。

K氏と僕は一人ひとりを思い浮かべながら「うーん」と唸った。即座には答えが出てこない。「○○さんどうかな」「△△さんどうだろう」と話しているうちに、なんと、「普通の人ベスト3」がだいたいのところ一致した。これには驚いた。たまたまだったのか、男なら誰が選んでも同じような結果になるのか、それはわからない。

「普通」の反対の「くせがある」というのは、お喋り、声が大きい、耳障り、話が噛み合わない、こだわりが強い、さわやかさに欠ける、暗い、正義感を振りかざすといった人のことだ。一緒に生活するならば「普通の人」を選ぶのが賢明である。一風変わっているとか、個性的な人というのは、魅力はあるかもしれないが、あまり結婚生活には向かない。

もちろん、K氏も僕も女性を選ぶ権利などまったくない。品定めできる立場でないことは充分承知している。失礼にあたることもわかっているけれど、内緒で選ぶのは面白かった。「案外、女性陣も同じように選んでいたりしてね」「考えられるな」「あのふたり、気持ちが悪いわねーなんて話したりしてね」と笑いあった。

僕は自分の中身が普通でないことは自覚しているけれど、見た目は「普通の人」だと思っている。おそらく、K氏も自分は「普通の人」だと思っているはずだ。ところが、はたから見れば「普通の人」とは思われていない。

現に僕などは、自転車に乗っているだけで警察官に自転車泥棒と疑われ、これまでに職

務質問を何回も受けたことがある。K氏の話によると、指紋まで取られる場合もあるという。不審者ではないのに不審者だと思われてしまう人は、もしもお嫁さんをいただけるならば、自分とは逆の「普通の人」を切に望んでいる。

18. まさか、しい子が

まさか、しい子が先に逝くとは思わなかった。同じ年齢なので、てっきり僕が先に逝き、しい子はゆったり余生を楽しめるだろうと考えていた。それが突然である。若くして姉を乳がんで亡くしているため、遺伝性を踏まえて、乳がん検診は毎年欠かさず受けていたのだが。

「一年でこんなに大きくなっているとはなー」と医者は首を傾げながら呟いた。画像を指して「ほら、ここにも」と鎖骨のあたりを示す。

「ステージはいくつなのでしょうか?」と尋ねると、引き出しから表を取り出し、眼鏡を外して確認しながら「ステージ3cだね」と答えた。ステージ4でなくて良かったと僕としい子は一瞬ほっとしたかもしれない。すかさず、先生は「ステージ3cって重症なんだよ。わかってる?」と語気を強めた。

「とても手術では取り切れないので、先に抗がん剤をすぐにやりましょう。まれに薬が効かない人もいるんだけど、効いて癌が小さくなったら手術ができるから。その後も癌が残っていれば、ピンポイントで放射線治療を併用することもできるし」という説明を受けた。

家に戻ってしい子に確認した。「治療が長引きそうだから、鎌倉に戻って、向こうの病院にすることも考えられるよね。それとも、今の病院がいい?」。すると、しい子は「鎌倉には戻らない。ここにいて、今の病院にする。あの先生がいい、S先生に任せる」とはっきりと答えた。

先生はあまり話が上手な方ではなかったが、威張っている感じはなく、しい子にとっては話しやすく親しみを覚えたのかもしれない。一回目の抗がん剤を受けるために入院したときも、別な医師から「S先生、ちゃんと病気の説明してくれた? あの先生、口数が少ないから。でも腕は確かだから、安心してね」と教えてもらった。

外科部長だったことも僕たちはあとから知った。家の近くに大きな病院があったこと、癌を見つけてくれたこと、信じられる先生に出会えたことは、とりあえず良かった。

どちらかと言えば、これまでのしい子は一人で何でもやれるタイプだったが、癌の宣告を受けてからは、すっかり弱気になってしまった。病院へ行くときも「タクシーに乗ったら、すぐ右に曲がって下さいって運転手さんに言ってね」と不安がる。行き先しか告げないと遠回りになってしまったことがあるからだ。
毎回、同じことを言われても、僕は「うん」と答える。病院の受付表を手にすれば「この紙は、先生に渡すのかしら」と、何もかもが心配で落ち着きがなかった。そりゃそうだろう。突然、死の宣告を受けたようなものだから、普通の精神状態でいられるはずがない。

ずっと、しい子のそばに付いていていてやりたいと思った。こんな気持ちになったのは初めてだ。やはり、死を連想したからである。音楽仲間であったバイオリンのHONZIは乳がんで亡くなり、ギターの佐久間正英さんもスキルス胃がんで亡くなってしまった。ふたりとも亡くなるギリギリまで僕と共演してくれた。
その後、僕はひとりで歌うことが多かったが、告知していないライブは事情を話してキャンセルさせてもらった。再び歌い始めて二十五年、景色が変わるわけでもなし、新曲が溢れ出てくるわけでもない。そろそろ引き際なのではないかとぼんやり考えていた矢先でもあった。

抗がん剤の副作用で、しい子はすっかり食欲がなくなってしまった。吐き気がひどくて、ほとんどベッドに横たわっている。病院以外は一歩も外に出たがらない。点滴を打ったところの血管は赤黒くミミズ腫れのようになり、頭髪も抜けはじめる。抗がん剤は、がん細胞だけでなく正常な細胞まで破壊してしまう。

看護師さんから「食欲がないときは無理をしないで、食べられるものだけでもいいから食べてね」と言われていた。しい子はもともと好き嫌いが多いこともあってか、食べたいものが浮かんでこない。治療を受ける前はこれほど体調が悪かったわけではないから、「病院に行ったら病気になっちゃったね」とふたりで笑った。

寝床で泣いているときもあった。声に出してではないが、涙目になっている。そんなとき僕は何も声をかけられない。それでも自分を励ますように「なるようにしかならないものね」と言って頑張って起きてくるときは、「そうだよ。まずは、免疫力をつけるために食べなくちゃ」と声をかけるくらいが僕は精一杯だった。

こんな状況で犬の散歩どころではないのだが、毎日早起きをして、ゆきと散歩に行く。すると、隣のベッドで寝ているしい子も必ず目が覚めていて、何かしら心配ごとを口にする。自分の体のことだったり、留守にしている鎌倉の家のことだったり。「大丈夫だよ」と言って安心させるのだが、もともとがかなりの心配性のため、気がかりなことが頭から離れていかないようだ。

気力のないときは「まだ寝てていい？」と聞く。具合が悪いんだから、寝てていいに決まっているのに、病気になってしまいごめんなさいね、という気持ちがもしかしたらあるのだろうか。「いいよ、ゆっくり寝てて」と僕は声をかける。


僕は公園に着くと辺り一面の木々を見渡し、隣接している高層ビルの最上階を見上げ、青い空に向かって、流れる雲に向かって、もう会えない人たちの名を叫ぶ。

「お父さん、お母さん、ミータン、チャコちゃん、HONZI、佐久間さん。しい子を見守ってくれよー」と、毎日お願いする。しい子の家族にも声をかける。「お義父さん、お義母さん、たっちゃん、お兄ちゃん。しい子を見守ってくれよー」

亡くなってしまった人たちのたましいが、空や木々の茂みや大地に漂っていて、声をかければ願いを聞いてくれるような気がするのだ。

人はみな大好きな人たちのたましいによって支えられている。


これまで、しい子も一緒に散歩していたのだが、乳がんを患ってからは、ゆきとふたりきりになってしまった。犬の世話のために、別居していた奥さんを呼び寄せたことを知っている仲間からは「最近、奥さん見ないけど、鎌倉に帰られたの？」と聞かれた。「ええ」と僕は答える。正直に「乳がんになって」と言うのは煩わしく思えたからだ。

「車を用意するので、ドッグランに行きませんか」と誘われたこともあったけれど、しい子を昼間一人にさせたくないので「ごめんなさい」と断った。

19.

僕たちは喧嘩をしたことがない

僕たちはこれまでに一度も喧嘩をしたことがない。僕が怒ってもしい子は反論しないから喧嘩にならないのだ。翌朝までふくれっ面でいても「昨日はごめんなさいね」と謝ってくるから、機嫌を直さざるを得ない。なんで怒っているのかわからないときもよくあったそうだ。この人と、この先もやっていきたいと思うなら、悪くなくても、謝るしかない。もはや修行のようなものだ。

「私、お父さんお母さんから、一度も叱られたことがないの」と言っていた。どうも、それが影響しているのかもしれない。

老人が万引きしているテレビを見て、「しい子が捕まっても、俺迎えに行かないからね」と冗談を言うと、「わたし万引きなんてしたことがない」と言う。

悪いことができないのだ。青信号が点滅しだしたら、もう渡らない。

痴漢冤罪のニュースが流れれば、「よしおさん、電車の中では両手を上げといた方がいいわよ」と心配してくれる。

娘たちにも優しい。怒った姿を見たことがない。小学生のとき長女が、「ママが死んだら、みんな埴輪になって、いっせーのせで死ぬんだよ」と宣言した。娘たちにとってママは家族の中心であった。

女遊びをしても、真剣に恋をしても、しい子は日常と変わらない。

デジタルカメラがまだなかった時代だ。写真屋さんの手違いで僕が発注していたプリントがしい子の手に渡ってしまった。恋人が多摩川の土手でパンツを見せながらお団子を食べている写真だ。しい子は僕をからかう材料を手に入れたものだから、娘にも言いふらして大笑いしていた。

「しい子ちゃんは、恋愛はしないの?」と確認してみると、「みんなよくするわね。そんな面倒くさいこと。感心しちゃう。私はもう男はこりごり」と答える。

僕たちはふざけることも好きだった。たとえば、変態の真似をして「奥さん」と呼びかけ、しい子の腕から胸のあたりまで、虫が這っていくように触ってゆく。すると「うわー、鳥肌が立っちゃった。ほら、見て」と本当に気持ちが悪くなってくれて、鳥肌を見せてくれる。

あるいは、部屋着姿で洗い物をしているようなとき、そうっと後ろに回って、突然、パンツごと一気に引き下ろす。このパンツ下ろしは、驚きもあるけれど、実はちょっとした快感もある。一番最初にやったときは「キャー」と叫んでいたが、そのうち、無表情になってしまった。乱暴に引き下ろしても何事もなかったように、何も感じなかったように、お尻丸出しで洗い物を続ける。それがまた面白い。


死については、しい子とよく語りあった。僕は儀式を好まないので、「お葬式はしなくていいから。死んでも誰にも知らせなくていいからね。人をわずらわせたくないんだ」と話す。

しい子は「私は大学病院に献体する」と決めていた。死ねばただの物体だから、人の役に立つ方がいいという考えだ。「延命措置は取らず、苦痛だけは取り除いてもらい、病院は個室を希望」。そこは似た者同士であった。

「認知症になったら、どこへでも入れちゃっていいからね」としい子は言っていた。「でも私、色ボケしちゃって「よっちんぽーん」て叫んじゃったら、どうしよう」と僕を困らせる。無意識の部分が露出してしまう恐れは、僕にもある。うちの母親がそうだった。一

緒に暮らしていた義姉に「色ボケしたらごめんなさいね」と前もって謝っていた。

20.

お金に関すること

しい子の癌が発覚してから一番困ったことは、炊事洗濯掃除などの家事ではなく、お金に関することであった。本屋時代はもちろんのこと、その後もお金に関することは全部しい子に任せていたので、僕は何もわからなかった。

銀行の通帳や印鑑や書類がどこにしまってあるのか、毎月どこから入金があって、どこへ振り込むのかも、日々どういうお金の流れがあって、どういう作業をしているのかすら、わかっていなかった。

本屋を営んでいたときも、毎日の両替や集計はしい子に任せ、僕はレジのお札を数えることさえ好まなかった。もちろん、お客様には「いくらいくらお預かりします」と伝え、お釣りは出来るだけ新札に近いものを揃えてお返ししていたけれど。

自分の財布には幾らかのお金が入っていれば良くて、この年になるまで、通帳を開いて見たこともなければ、ＡＴＭ機に触れたこともない。それほど、お金のことはすべてしい子に任せっきりだった。

そこで、しい子が闘病生活で寝たきりになる前に、しい子の腕を支えながら銀行まで行き、ＡＴＭ機を前にして、操作を教わりながら手順をビデオに撮った。その甲斐あって操作できるようにはなったが、通帳のカタカナ文字や薄い印字を見るたびに、これは好きになれないと思った。

税理士さんからの説明を受けると肩が凝ってしまうし、役所や税務署からの通知が届くとうんざりする。その上、順番で回ってきてしまったマンションの理事もしい子から引き継ぎ、まどろっこしい会合に出席した。総会の議長をやらされたときは、まるでお芝居をしているようで気持ち悪かった。

経理が苦手である。といっても、お金や数字に対していい加減であるとか大雑把というわけではない。どちらかといえば僕は細かい方だ。損をするのは嫌いだし、同じ商品なら安い方がいい。価格と満足感が釣り合っていれば良くて。

しい子は気前よくお金を使う方だった。パパには内緒よ、と僕の知らないところで、ダンスのドレスや靴をたくさん買っていたらしい。パパに見つからないの？　と娘が心配しても、平気よ、と母娘で笑っていたそうだ。

父は質素だった。貧しい農家の次男に生まれ、下の子の世話をしなければならなかったため小学校もろくに卒業できなかったと聞く。丁稚《でっち》奉公《ぼうこう》、露天商、結婚後は夜間中学にも通ったらしい。真面目で、頑固で、いっさい贅沢はしなかった。

母親が「嫌になっちゃう」とこぼしていた。「お父さん、たまには外で食べましょうよ」と、通りかかった秋葉原本店「肉の万世」の食品サンプルを前にして、「うん、どれにしようか」とめずらしく選んでいたら、「やっぱり、家で食べようよ」と父が言い出す。「だって、家には何もないわよ」「いいよ、梅干しがあれば」という父であった。

そんな父のぶきっちょな部分だけを僕は受け継いでしまった。「マクドナルド」や「吉野家」に入ったことがない。そのうち、しい子までもが僕の影響で外食を好まなくなってしまった。「たまには外で食べようか」と誘っても、「テイクアウトして家で食べた方がいい」と反対される。隣の席に他人はいないし、お店のテーブルよりは広いし、パジャマ姿で食べられるから、家で食べる方が断然落ち着くのだ。

学校を中退し音楽の仕事も二十三歳でやめて、さて何をして生活して行こうかと考えたとき、一番落ち着ける場所はどこだろうということで本屋を開いたわけだが、本屋は苦労の連続であった。

でも僕たちはよく働いた。銀行と父への借金は返済し、問屋への支払いも滞ったことはない。売り上げが伸びた時期があっても、店を広げることは考えなかった。小学生のときに住んでいた鎌倉の家を母から購入する資金に充てた。

本屋は二十一年後に閉じた。閉店の日、僕もしい子も泣いていたけれど、しい子は嬉しさもあり、心の中ではにこにこしていた。数年後「もう一度、本屋をやろうか」と誘うと、「冗談でしょ」と怒られる。

父からの遺産は長男との共有名義の建物であった。そのため、売りたくとも売れず、それでいてバブル期の重い相続税を納めなければならなかったため、管理会社を作りしい子がその実務をやることになったのである。

しい子の病気が発覚してからは、僕がその仕事を引き継ぐことになった。エレベーターのリニューアルをするかどうか検討しているとき、やっと長男側と意見が一致して建物を売却することになった。建物の一部が違法建築だったこともあって、金額が下がってしまったが、売却することが最優先であったため話をまとめることにした。わからないことだらけで、随分とストレスが溜まってしまった。

BOOKS

21.

マンションゲーム

抗がん剤が効いて、手術ができるようになった。手術も成功して、術後の検査では癌が消えたと伝えられた。消えたと言われても、不安が消えたわけではない。小さくなってどこかに隠れて、画像には映らなくなってしまっただけなのだろう。がん細胞は健康な人の体にも毎日生まれてきて、増殖してゆくのを免疫細胞が退治しているらしい。

治療はホルモン療法に切り替わった。以後、再発したかどうかの検査は一年に一度すればよいと言われたが、いや、半年に一度にしてくださいと先生に頼んだ。

犬の散歩にも、しい子は黒い帽子を被って出かけられるようになった。久しぶりに会う犬仲間の奥さんから、「あら?」と声をかけられ、治療中だったことをようやく正直に話すことができた。

手術の影響で左腕が十分に上がらなかったこともあって、リハビリのつもりでスポーツセンターの社交ダンスを習い始めた。生徒の中に「知ったかぶりのおじいさんがいて困っちゃうわ」という笑い話もしてくれた。新しいダンス仲間の友人もできて、レッスンが終わってからお茶してくることも楽しみのひとつになった。

建物を売却したお金が入り、税理士の計算では、譲渡所得税その他の税金を支払っても、いくらかは残る計算だったので、老後を快適に暮らすための住まいを買い換えるのがいいと思った。今の1LDKの部屋は二人で住むにはちょっと狭いし、鎌倉の家は娘が住んでいるからだ。

昔から、住宅の間取りを見るのが好きで、子どもたちに「どれがいい？」「どの部屋にする？」と聞いて、さも買ってあげるようなふりをして大喜びさせる遊びを何度も繰り返していた。子どもたちはそのうち「どうせゲームなんでしょ」と気づくのだが、結構楽しいものだから毎回参加してくれた。

マンションゲームは自分でも本気と夢の境目がなくなってくる。カタログを取り寄せ、ネットの「マンションコミュニティ」を参考にしたり、新築から中古まで見学しに行った。今回は犬がいるため公園のそばが第一条件である。マンションギャラリーでは販売員の方にもゲームに参加してもらった。

気に入ったところがあったのだが「重要事項説明」を聞かされている途中で、建物が羽田新飛行ルートの真下であることに気づいて断念した。僕の中で一番神経質な部分は騒音だからだ。

上野不忍池では、おじいさんがベンチに座って池をボーッと眺めていた。隣のベンチでは、おばあさんがおにぎりを静かに食べている。しみじみとしていた。自分たちも、やがてこういうふうに、池をボーッと眺め、昼間の時間を過ごすのだろうなと思った。足漕ぎ式スワンボートをバックに写真を撮って、「いいね」と顔を見合わせた。

マンションゲームをするときは、いつも僕はしい子と手を繋ぎながら歩いた。老夫婦が手を繋いで歩くのは、すがすがしくて、気持ちの良いものである。自分たちが映画の主人公のように思えた。

不忍池　*Shinobazu pond*

22.

言語障害

二〇一九年一月、僕は体調を崩し一週間入院した。父が「よしお、マンションを買うのはやめなさい」と忠告しているのだと思い、ゲームを休止することにした。ふたりして病気になったら、それどころではない。

二月。しい子が七十一歳の誕生日を迎えるころ、今度はしい子が突然、言語障害になった。公園をいつものように散歩していたとき、何か喋ろうとするのだけれど、言葉が出てこない。しい子は自分でも不思議がって、「あれ？　あれ？」と口走っている。初めはふざけているように思えた。「無理に喋らなくてもいいですよ」と犬仲間が心配してくれる。家に戻ると「テレビの数字が二重に見える」と不安げに言う。さらに、ふらつくときもあった。いったいどうしたのだろう。

翌日、乳腺外科で診察を受けた。ＭＲＩ検査をすると、脳幹という場所に、癌が転移していることがわかった。そのまま即入院となった。

ふらつくと危ないので、ベッドから起きてはいけないと指示が出た。しい子は尿意を催しトイレに行こうとする。僕は「カテーテルが入っているから、そのままでいいんだよ」と説明する。しい子は時々しどろもどろになるけれど、まだ、しい子の言葉は聞き取れていた。ただし、家に戻りたくなってしまったのだろう。病院の食事が喉を通らない。茶巾寿司が食べたいと言うので、伊勢丹で買って持って行ったら食べてくれた。

癌の転移が脳幹だけならば、日赤医療センターの脳神経科に転院して、サイバーナイフという放射線治療を受けるのがいいと言われた。けれど、脊髄から髄液を取り、そこにも癌細胞が見つかれば、全身に癌が回っていることになるので助からないと聞かされた。髄液の結果は一週間後になるという。

治るものなら、積極的な治療をして欲しいけれど、治りそうもないなら苦痛を和らげることだけに専念してもらいたいと思った。数日後、日赤の脳神経科から、放射線治療ができますという返事をもらい、転院することになった。と同時に髄液にも癌があることを知らされた。覚悟するしかなかった。日赤には緩和ケア病棟がある。どちらにしろ、転院することが最善だと思った。

介護タクシーに初めて乗った。しい子は車椅子のまま、一緒に日赤に移動した。病室のベッドに寝かされてから、また脊髄から髄液を取られた。その処置のとき僕は部屋から出されてしまう。よほど痛いのか、あるいは残酷なことなのか、よくわからないけれど、しい子が心配だった。かわいそうだった。同じ検査を二回もして。

担当のT先生にお会いして、放射線治療はしないで、すぐに緩和ケア病棟に入れて欲しいことを伝えた。命がちょっと伸びる程度なら、痛い思いをさせたくないので、それは本人とも前から話していたことだし、延命処置は取らないという考えなんですということを伝えた。

T先生は、放射線治療をするために転院してきてもらったので、その家族から「しなくていいです」と言われてしまい、困ってしまったようだ。「あとで、奥様と一緒にお話ししましょう。どの治療法がいいか」。もちろん優先すべきは、しい子の意思だ。

しい子を交えてT先生からの説明を受けた。とてもわかりやすく説明してくれた。不思議に思えたことがあったので、「どうして脳に転移する前に、転移しているかどうかの検査をしてくれなかったのでしょうか?」と尋ねると、「その料金は誰が払うのかということになってしまうんです」。それは患者が払うに決まっているじゃないかと思ったが、黙って話の続きを聞くと、「乳がんの患者はたくさんいて、転移しているかしていないかの

検査をし出したら、パンク状態になってしまうので、症状が出てから検査をするようになっているんです」と言われた。
「誰が払うのか」ということは保険の問題のようだ。脳転移についてネットで調べてみると、「転移を早くみつける目的で定期的に頭部のCTやMRI検査を行うことは、生存期間の延長につながらないとされており、有効ではありません」「検査を受けて再発を早期に発見し早期に治療しても、症状が出現してから治療を開始しても、その後の生存期間には変わりがない」とあった。すべては運命なのだ。

サイバーナイフという放射線治療を受けるのと受けないのとでは、しい子の寿命はどのくらい違うのかを尋ねてみた。T先生は「一ヶ月か二ヶ月」と答えた。それならば、やらなくていいと僕は思った。七十一歳での一ヶ月違いは、どっちでも同じようなものだ。それでもT先生は、もしかしたら、家に戻れるかもしれない可能性に、かけてみる価値があるのではないかということであった。

夕方、再び病室に先生がいらした。検査を終えたしい子を交えて「どうですか」と聞かれた。先生からは熱意と誠意が感じられた。「でも、お金がかかるんでしょ」とベッドから上半身を起こしてしい子が聞く。「しい子ちゃん、お金のことは心配しなくていいよ」と伝える。先生から受ける印象がよっぽど良かったとみえて、しい子は「じゃ、やってみようかな」と明るく答えた。土日を挟んでいるので、来週月曜日から三日間の予定でやりましょうとなった。

ところが、病魔はすごい速さで進行していった。日ごとに失語症の症状が悪化してゆく。喋ってもちゃんとした言葉にならず、何を言おうとしているのかがさっぱりわからない。体のどこかしらもつらそうで、食欲はない。

サイバーナイフは、脳幹を狙うために頭を固定する。ところが固定しても、しい子は嫌がってなのかどうか、動いてしまって、一回目からうまくできなかったようだ。翌日の二回目の途中で先生は断念した。体が弱って、もう受け付けなかったのだ。

23.

緩和ケア病棟

あらためて、緩和ケア病棟に入れてくださいと頼んだ。心臓マッサージ、人工呼吸器などの延命措置は取らないという書類にサインした。一週間ほどで同じ建物内にある緩和ケア病棟に移ることができてほっとした。

お医者さんや看護師さんたちの仕事は治療が目的ではなく、心身の苦痛を和らげるのが目的だ。様々なボランティアの人もいて足をオイルマッサージしてくれたり、家族にはコーヒーやお茶菓子が出される。

ハープやピアノの音楽療法もあったが、しい子は僕と同じくBGMを好まないので、部屋での演奏は断った。歯科医師が週に一度口の中を診に来てくれる。食事をしなくても口の中が汚れてしまうからだ。コンプレックスだった歯を思いがけず歯科医師から褒められて、笑顔がこぼれた。

ベッドごと入浴することもできた。ベッドを移動してそのまま庭のようなテラスに出ることもできた。外の空気を吸うのは気分転換になる。庭の花をちぎって「いい匂いでしょ」と枕元に置いてくれる看護師さんがいた。しい子は花が特別好きなわけではないし、花粉症も患っていたので、心遣いは嬉しかったが、花の匂いは駄目かなと心配した。

二月中旬から、もうずっとしい子は寝たままで、食事らしい食事を摂っていない。好きないちごやみかんはほんの少し食べていたが、ゼリー数口になり、じきにシャーベットだけになってしまった。ところがそれもうまく食べられない。誤嚥性肺炎になる危険性があるというので、看護師さんがスプーンで少しずつあげてくれた。食べたといっても、ほんのわずかだ。

僕らが話す声はちゃんと聞こえ、意味もわかってくれているようだが、しい子の発する言葉が何を言おうとしているかが解読できない。もどかしい。しい子自身もそう感じているはずだ。僕は毎日病室に通った。娘たちも来た。今のうちに、別れの挨拶を交わしておいた方がいいよと娘たちに伝えた。

しい子に語りかける。目を見て、手を握りしめながら「何も心配しなくていいからね。痛くない？　痛かったら、痛み止めを看護師さんにしてもらうからね」。そんなことを話しているうちに、「しい子がいなくなったら寂しいよ」と、つい口を滑らしたら、急に涙があふれてきて、涙声になってしまった。すると、しい子もすぐに泣き顔になって、手を握り返し何かを語ろうとする。けれど聞き取れない。何を伝えたいのかわからないけれど、同じ気持ちなんだと思った。話し合わなくても、無言であっても、心が通じ合っていると感じた。

一言一句、聞き取れたわけではないけれど、しい子の口から「早く楽になりたい」と言っているように聞き取れたことがあった。娘たちもそう聞いたと言っている。点滴を指差しながら「もういい」と拒否している。そのことを先生に伝えなければならない。

足のむくみもひどくなってきたから点滴を徐々にやめることにして、オキファストという痛み止めの麻薬だけになった。それでも痛みが増してくるときは、額にしわを寄せるので、看護師さんを呼ぶと量を調節してくれる。

三月二十八日、手足が冷たくなり、足先が紫色になってきた。息もだんだん荒くなっていく。次女が、僕の歌っている動画を見せたら喜んでいたよと言うので、その言葉にうながされ、手を握りながら歌を歌ってみた。すると、しい子の息遣いが明らかに変わった。歌を歌ったら、呼吸の乱れがなくなった。目がくっきりと開いて、なんだか生き生きとしてきたのである。

2019.3.7

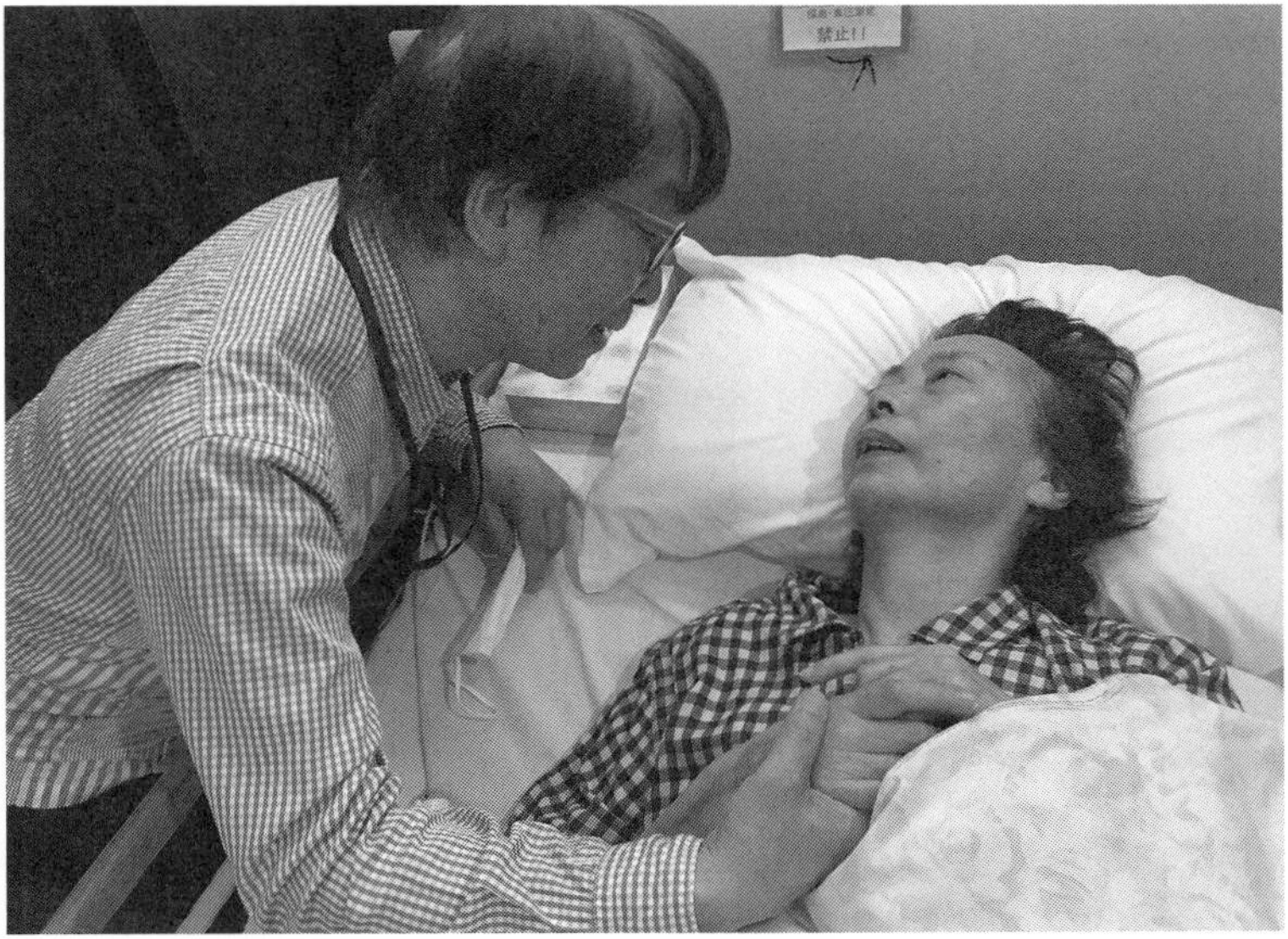

昔、しい子と出会ったときに作った歌『いい娘だね』や『君をさらって』を歌った。そして『赤色のワンピース』も歌った。しい子も必死になって僕に合わせて歌っている。続けて、『君でなくちゃだめさ』『青い月』も歌った。しい子にハモってもらって練習した曲だ。

24.

しい子は幸せだったろうか

十八歳で知り合い、七十一歳のこの時まで。僕はしい子に優しかっただろうか。優しく包んであげられただろうか。他の女性にうつつを抜かしていた時期がたびたびあったから、それを取り返すためには、何倍も何十倍も優しくしなければならなかったはずだ。

僕は一度もしい子に謝ったことがない。もしも「優しくできなくてごめんね」と謝ったとしたら、しい子はどう答えるだろう。「よしおさんは充分私に優しかったわよ」と答えてくれそうな気がしてならない。そういう、しい子なのだ。

僕が一般的な夫ではなかったように、しい子もごく一般的な妻ではなかった。我慢をしていたのではなく、無理をしていたのでもなく、これが自然な形であった。もっとも、人の心の奥は読めないものだから、すべては僕のうぬぼれで、しい子の気持ちを取り違えているかもしれない。

しい子は誰とでもうまくやって行ける人だったから、別に僕でなくても良かったわけで。いや、しい子は意外と男にうるさくて、大金持ちか、僕のようなニセ芸術家でなければよろめかないところがあった。

しい子が病院のベッドに横になっているとき、片手を上にゆっくりと伸ばしながら、天井をぼやーっと見ているようなとき、いったい何を考えているのだろうと思った。そんなとき、もしも「あー、つまらない人生だった」としい子がつぶやいたとしたら、あるいは「よしおさんなんか、キライよ」って言い出したら、どうしよう。一瞬そんな嫌な予感が頭をよぎった。けれど、それは考えすぎで、手を握れば、握り返してくれるしい子がいた。

しい子は僕のことを好きだったのではないかと思う。本屋時代、商店街の奥さんだけの集まりに出席したときも、しい子は酔っ払って「私、主人のことが大好きなの」とみんなにのろけたそうだ。ダンス仲間にも、誰も聞いてはいないのに、「よしおちゃんが好きだ」と打ち明ける。

「よしおさんが死んだら、パジャマとか下着を洗わないでおいて、匂いを嗅いで生きていくんだ」と僕に言う。「俺は無臭だよ。女の子から臭いって言われたことないもの」「みんな気をつかっているのよ」と一蹴された。

しい子に「僕のどういうところが好き?」と尋ねたことがある。すると即座に「性格の悪いところ」と答えた。つまり、人間の長所なんていうのは案外とつまらないものであって、欠点こそ魅力を感じる要素が含まれているのだということである。僕もそう思う。好きになった人の欠点が愛おしい。欠点を好きになれなければ、好きとは言えないのではないか。

週刊朝日「平成夫婦善哉」(二〇一六年十月二十八日号)のインタビューをふたりで受けた。「結婚し直せるとしたら、お互いにどうしますか?」という最後の質問に、しい子は「誰かを選ばないといけないのなら、(彼を)選ぶと思うんです。でも、選ばなくていいのなら結婚しない」と答えている。僕は「へぇー(笑)。僕は不満はないからなぁ、良い人と結婚できて、「ありがとう」と思っていますよ」と答えている。本音だ。しい子には感謝しかない。

三月二十八日、家族がそろったところで、「午後三時四十五分、ご臨終です」と告げられた。献体を申し込んでいた東京医科歯科大学に連絡する。病室で看護師さんに、パジャマから入院をしたときの服に着替えさせてもらった。娘たちが薄く死化粧をした。

キレイだった。亡くなったのに、顔がやつれているとか、げっそりしているというわけではない。一ヶ月半も食事を取らなかったのに、肌がつるっとしていて、それが不思議に思えた。ただ、目をつぶって、もう決して動かないから、人形のようになってしまったと感じた。

大学から依頼された葬儀社の寝台車に乗せるため、ストレッチャーで地下二階までゆく。脳神経科のT先生も緩和ケア病棟の先生も看護師長さんも看護師さんも付き添ってくれた。最後のお別れで、全身にかかっている白い布の顔の部分を葬儀社の人がめくってくれた。すると、しい子の目がぱっちりと見開いていたので、びっくりした。病室では目を閉じていたのに。

なんだか微笑んでいるように見えた。たましいが「行ってきます」と別れの挨拶をしているようだった。これからもずうっと生きている気がした。ああ、しい子は今からボランティアに行ってくるんだと納得できた。いってらっしゃい、そんな気持ちで見送ることができた。

葬式はしなかった。ふたりの希望だった。しい子の身内には娘が知らせ、僕の兄姉には知らせなかった。しい子のダンス仲間には、携帯を調べれば連絡できると思うが、携帯を

2019.3.8

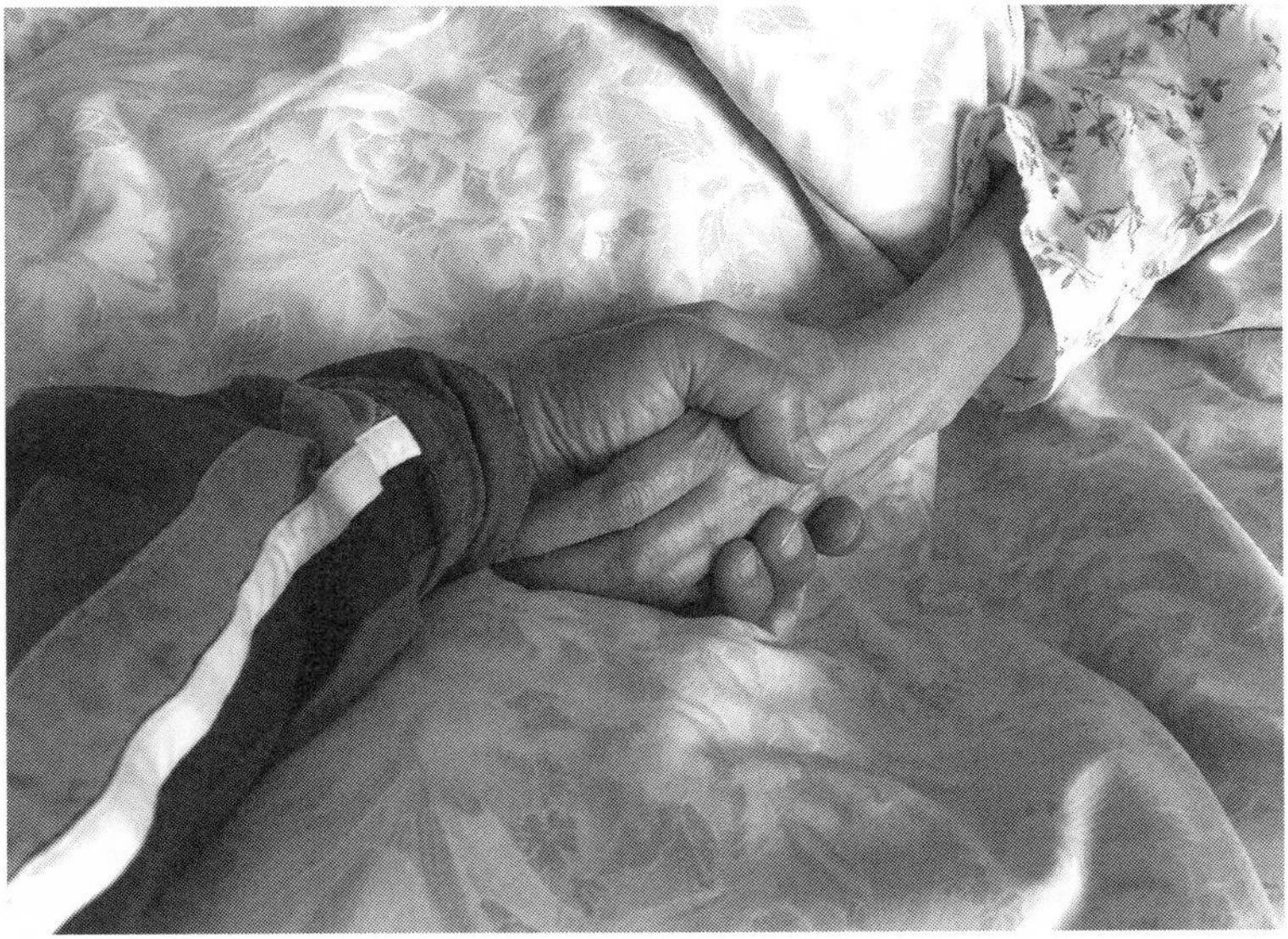

覗くことはしたくなかったのでやめた。

犬仲間にも話していない。犬仲間の人たちも、しい子のことは触れないでいてくれた。しばらく見かけないので、もしやと思っても、それを聞くこと、答えさせることは残酷なことだ。

25. 影響を受けた人

これまでの僕のすべての過去を振り返ってみて、あのときは楽しかった、あのときは面白かった、あのときは充実していたという思い出が、どういうわけか蘇ってこない。恋人とのひとときはたしかに夢のようだったけれど、最後はみごとに捨てられてしまったから、天国と地獄を行き来したようなものだ。

よくよく考えてみれば、しい子といる時間が一番楽しかった。話すことも、ご飯を一緒に食べることも、出かけるときも、笑いあったり、ふざけあったりした時間が一番長い。ただし、食べ物や飲み物の好みが違う。僕がビールといえば、しい子はレモンサワー、赤ワインといえば白ワイン、ロースカツを頼めば、しい子はエビフライ、銀だらといえば鮭、お蕎麦といえばうどん。嫌がらせのように少しずつ違った。

しい子の好きなテレビ番組は「家、ついて行ってイイですか？」「世界！ニッポン行きたい人応援団」「プレバト!!」「クイズ番組」「さんまの東大方程式」「ナイナイのお見合い大作戦！」だ。YouTubeは「The X Factor」をよく見ていた。最後に一緒に笑ったのは、やさしいズとジェラードンのコントだった。

好きな映画も違う。僕は脱獄、銀行強盗、さらには、後味が悪くて考え込んでしまうような『偽りなき者』（二〇一二年）や、音楽が素晴らしい『コーラス』（二〇〇四年）が好きなのだが、しい子は単純に「億万長者と結婚する方法」みたいなハッピーエンドでなければ駄目だという。これだけ違いがあっても、なぜか僕はしい子と気が合っていた。

そんなしい子がまだ元気なころ、起き抜けに、キッチンに立ちながら、本気ではないと思うが、ぽつんとこんなことを言うときがあった。

「もう充分生きてきたから、いつ死んでもいいわ」とまるで人生に疲れたようなセリフを言う。半分冗談だとしても、そういうことを言わせているのは僕だから、ちょっと悲しかった。そんなとき、僕はもっと極端なことを言って話題を壊す。「いっぺんに地球がなくなってしまえばいいんだよね」。すると、しい子はあわてて「そんなこと言わない方がいいわよ。異常者に思われちゃうから」と心配してくれる。

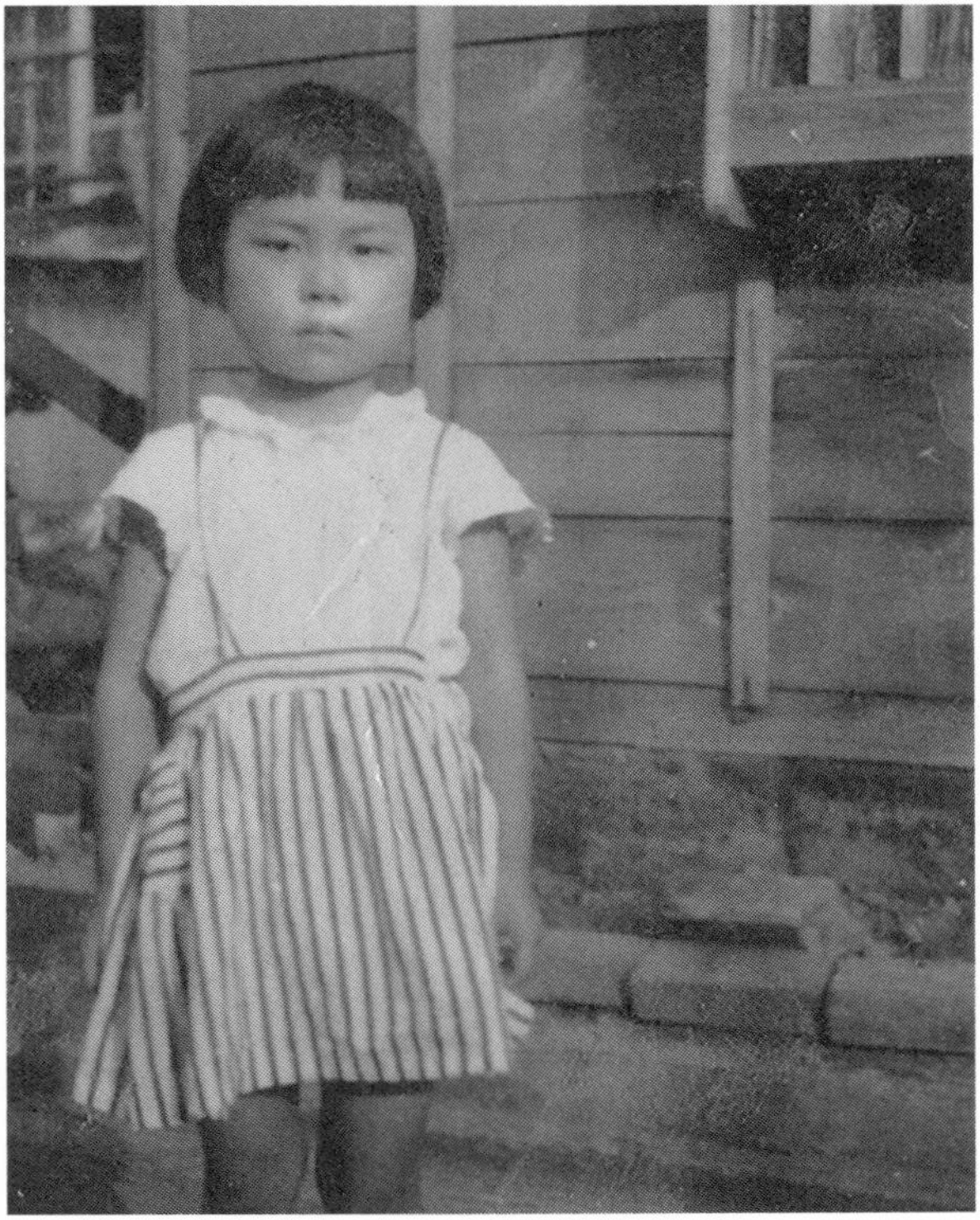

僕にはもったいないくらいの妻だった。子どもたちからも絶対的に愛されていた。「ママって本当に優しいよね」と娘がつぶやけば、「僕が見つけたの」と自慢できた。

お風呂上がりの裸姿にカメラを向けると「やめてー」といったんは隠れるけど、すぐに現れて、笑顔でポーズを取ってくれる。僕は写真家の真似をして「いいね、いいね」とおだて、色っぽいヌード写真を撮りたいのだが、下手な芸者の踊りのように、ふざけて片手でちょこんと隠すしぐさをするだけだ。

ふたりの娘に「あなたのお母さん」と題してその写真を送る。次女は「ママ綺麗」と返事をくれるけれど長女は無視する。お年玉のお札の間にママの裸の写真を挟んで渡したことがある。銀行で「あわてたー」と言っていたからドッキリ大成功だ。

しい子はどういう男の人が好きなのだろう。イケメンは寒気がすると言う。みんな同じ顔に見えてしまうらしい。低音の筋肉質の男っぽい男も苦手だ。本屋時代「どんなお客さんが好き?」と聞いたことがある。たしか、数学の教師をしている髭ぼうぼうの寡黙な人がいいと言った。雨が降ってきたので傘を貸そうとしたら「大丈夫です。濡れるの慣れてますから」と断った人だ。奥さんもとても感じの良い人だった。

どっちだったか忘れたが、作品は関係なく、頬杖をついたような写真だけを見て「芥川龍之介」か「太宰治」がいいと言う。俳優では「アンソニー・パーキンス」が好きだと言った。共通しているのは、暗い影があって、精神を病んでいるような、自殺しそうなタイプだ。

女性なら誰もが喜びそうな、桜、花火、夜景、星、月、風景を「キレイ」と表現したことがない。名所旧跡に興味がない。飛行機に乗ったことがない。新幹線は一度きりだ。昔、近江八幡市の岡林信康さんの家に、仕事を兼ねてふたりで遊びに行ったことがある。ところが、しい子は着いた途端に熱を出して母屋《おもや》の布団に寝かせてもらい、岡林さんのお母さんに看病してもらった。それ以来、遠出の旅行をしたことがない。

しい子が好きなのは、保育園の園児だ。赤や青や黄色の帽子をかぶって、引率の先生に連れられ、手を繋いで並んで歩いている姿を見かけると「わー、可愛い」と言って、心底、嬉しそうにずうっと眺めている。赤ちゃんと幼児が大好きなのだ。

あとは、駄菓子、ガチャポン、クレーンゲーム、紀ノ国屋、伊勢丹、髙島屋、浜町、人形町、社交ダンスだ。結婚前に習っていた社交ダンスは、僕が毛嫌いしていたため、結婚後は、ジャズダンスやクラシックバレエ、モダンダンスで我慢してもらい、ふたたび社交ダンスを習い始めたのはだいぶ年をとってからである。

そういえば、はとバスに乗ってニューハーフショーを見に行きたがっていた。もしかしたら、東京ディズニーランドも行きたがっていたかもしれない、誘われたわけではないけれど、しい子が行きたがっていたのなら、誘えばよかったと悔やまれる。

同じ趣味ではなかったにもかかわらず、しい子は結構、僕に合わせてくれた。温泉が好きではないのに、日帰り温泉には付き合ってくれたし、野球も好きではないのに、球場まで応援しに行ってくれた。横浜「吉村家ラーメン」を気に入って昼時よく通った。ビールを頼むとサービスで煮卵が付き、チャーシューなしを告げると、また煮卵をくれた。しい子は煮卵が大好きだった。

服は僕に合わせてくれた。結婚当初は学生っぽい格好でいて欲しいと頼んだ。くれぐれも流行は追わないでほしかった。化粧はしなくていい。すればするほど興ざめするからだ。しい子には、シンプルでセンスのいい格好をしてもらいたかった。そのかわり僕は野暮ったいままでいい。差があった方が男が凄そうに思われる。

しい子はテレビを見ながら時々悪口を言う。「悪口を言う方が、醜くなってしまうからやめた方がいいよ」と注意をすると、「あっそうか」と納得してくれるが、すぐに忘れてしまう。どうしても気に入らない人がいて文句を言いたくてしょうがないらしい。僕も口にこそ出さないが、嫌な奴が出てくると黙ってチャンネルを変えてしまうから、結局は同じことだ。

好きになれない理由は「わざとらしい」からだが、「なんでそいつがその場所にいるかね」という嫉妬心からも来ている。嫉妬さえなくなれば、僕だっていい男になれる。

食器と家具が好きだ。ところが、しい子はこだわらない。かつて、山中秀文さんの器が気に入って少しずつ集めていたとき、横浜そごうのエスカレーターの椅子のところで、しい子は「私ここで待ってますから」と買い物には付き合ってくれない。IKEAで家具を選んでいるときもそうだった。最後の方では「早くしてよ」と言い出す始末。せっかくベッドの寝心地を比べていたのに、僕はあわてて低反発のマットレスを買ってしまい、のちに腰痛の原因になってしまった。

娘のことで困ったねなどと話しているとき、「まあ、刑務所に入るようなことをしなければいいよ」と僕が言うと、「よしおさんが一番刑務所に入る確率が高いって、娘たちも心配しているよ」と返された。言われてみれば、たしかにそうだ。僕は興奮すると感情を抑えられなくなってしまうようなところがあるからだ。

「俺がもし、刑務所に入るようなことになったら、とても耐えられそうにないから、そのときは、しい子が犯人っていうことにして、身代わりになってくれる?」とお願いすると、

「いいわよ、私、誰とでもうまくやっていけるから」と、いとも簡単に引き受けてくれる。「私がもっと若ければ、風俗で働いて、よしおさんにお小遣いあげるのになー」とも言ってくれた。しい子は、そもそも男が好きじゃないし、仕事の内容もわかっていないから、働くのは無理だと思うが、風俗への偏見はなかった。

小林秀雄が『小林秀雄講演第7巻』（新潮CD）の中で、正宗白鳥の『文壇的自叙伝』を紹介している。

「お前さんはいったい誰の影響を受けたんだ、誰の感化を受けたんだと訊ねられると、たいがいの人は偉そうな人間の名前をあげるもんだ。だけどもね、本当はそんなことはないんだ。本当は五年十年と同棲している自分の細君、あるいはこれに匹敵する女性から受けた感化というものが一番深刻なんではあるまいか」「仮りに、同棲者に対して憎悪の念を持っていてもだね、憎悪しているがためにかえって多くの感化を受けるかもしれないではないか。同棲者が従順であるいは痴鈍であったとしても、そのために感化力が乏しいとは云えないかも知れない」

誰の影響を受けたのかと問われれば、僕は、車谷長吉、小林秀雄、吉本隆明の名を挙げたい。けれど違うのだ。一番影響を受けたのは、誰よりも何よりも、しい子なのだ。僕はいつも、しい子の喜怒哀楽に、ものの考え方に、生き方に、感動していたのである。

26.

最終章

しい子に会いたいと思う。どうして、しい子はいなくなってしまったのだろう。もっと一緒に笑い合いたかった。ふざけ合いたかった。もっと美味しいものを一緒に食べたかった。また手を繋いでマンションゲームを続けたかった。しい子との時間が恋しい。しい子をもっと笑わせたかった。もっと、もっと喜ばせたかった。いっぱい優しくしてあげたかった。しい子を幸せにしてあげたかった。僕なんかが残ってしまい、どうしろってんだ。何を楽しみにして生きて行けばいいのだろう。

スーパーの肉売り場を歩くと、食欲がなくなってしまう。こんなことを言ってはいけないかもしれないけれど、牛肉、豚肉、鶏肉、赤身のマグロが人肉のように思えてしまうのだ。

「自殺の方法」をネットで検索してみた。苦しまない方法、後片付けをする人になるべく迷惑がかからない方法があれば知りたかった。けれど、どれも無残に思えた。

奥様を乳がんで失った西岡恭蔵は、三回忌の前日に首吊り自殺をした。五十歳だった。江藤淳は奥様を癌で亡くされてから、八ヶ月後に自宅の風呂場で手首を切って自害した。六十六歳だった。西部邁は奥様を癌で亡くされてから、三年十ヶ月後に多摩川に入水自殺した。七十八歳だった。


しい子とは気が合っていた。僕にぴったりの人だった。今こうして、ゆきちゃんとふたりだけの部屋にいて、ご飯を食べ終わり、ポツンといると、寂しい。しい子が今ここにいてくれたらなとつくづく思う。もういなくなってしまったから会えないけれど、もしも会えたなら、もう絶対離さないぞ、病気にさせないぞと思う。


しい子。ゆきちゃんは随分いい子になったよ。雨の日はレインコートを着て歩くようになったし、掃除機をかけても追いかけ回さなくなったし、見知らぬ子犬と出会っても、あまり吠えなくなった。ゆっくりと歩いてくれるよ。

しい子は今どこにいるだろう。ゆきの体の中に入ったり、蝶々になったり、道端の一輪の花になったり、ふわりふわりと飛んでいるかもしれない。

きっと僕たちを守ってくれている。

2019.3.14

27. ラブレター　早川静代

結婚前、新宿風月堂でデイトをしたことがある。穴のあいた黒のTシャツ、黒の短パン、それに、お母さんの履き古した下駄を履いて現われた。私はおしゃれをして、ピンクのレースのワンピースを着ていった。

「ぼくは髪の毛長いし、こんな格好してて一緒に歩いて恥ずかしくない」と聞かれた。恥ずかしかったら、一緒に歩くはずないのに、なんでそんなことを聞くのかなと思った。

格好だけでなく雰囲気が異様であった。ステキに見えるか、無気味に思うか、天才かおバカさんかどちらにでもとれそうだった。でも私には、とってもかっこよく思えた。

ジャックスショーを見にいった。やはり短パンをはいていた。音楽はあまり印象に残らず、ひざだけがやたら目についた。

「ひざ小僧がとてもセクシーでした」と手紙を書いた。

「ぼくのひざ小僧みて楽しかったそうでなによりです」という返事がきた。

その二、三ヶ月後「結婚してくれますか」と私が言い出して結婚してもらった。わがままなんだけれど今でもステキだと思っている。

（一九六八年　ジャックスファンクラブ会報）

第三部

日記

二〇一五年

十月十五日（木）

吉本隆明『フランシス子へ』（講談社）を構成した瀧晴巳さんが「あとがきにかえて」に書いている。吉本さんは、「自分のことを「なんの取り柄もないダメな人間だ」といい、ちょっとでもいいことを言うと「説教みたいなことを言ってしまった」と反省する」のだそうだ。

自分のことを「なんの取り柄もないダメな人間だ」なんて、言うだけでも、すごいなーと思った。僕などは、ちょっとでも褒められたりすると嬉しくなって、嬉しくなるだけならまだしも、その褒め言葉を僕のことをまったく知らない多くの人に、なんとか伝えることができないだろうかと、どこかで思ってしまう。

歌を歌えば、なるべくうまく歌おうとし、文章を書けば、気のきいた言い回しや感心さ

れるようなことを書きたくなる。そうだよなーと思われるような格言を生み出したくなる。ところが、吉本さんは「ちょっとでもいいことを言うと、「説教みたいなことを言ってしまった」と反省する」のだ。

「結婚して子供を生み、そして子供に背かれ、老いてくたばって死ぬ、そういう生活者をもしも想定できるならば、そういう生活の仕方をして生涯を終える者が、いちばん価値ある存在なんだ」(『敗北の構造』弓立社)と語っている。みんなから尊敬され、素晴らしいと思われている人と、何の役にも立っていそうにない名も知れぬ人との生や死の重さはまったく同じなのだ。

「僕はインテリを嫌い抜いています」と語る小林秀雄もそうだ。「最近は、黙っている人の方が百倍も千倍も利口に思えます」。「主張する人がいれば、「あなたのおっしゃる通り」と答え、意見を求められたら、「私は見ての通りです」と答えるのがいい」と言う。

どうしたら、こういう心境になれるのだろう。人はみな、自分の存在を認められたがっている。求められたがっている。ステキ、かっこいいと言われたがっている。

ところが、「普通に暮らし、普通に生活していくだけでいいのです」と、日本を代表する思想家がおっしゃっているのだ。ホッとする。

十一月十六日(月)

ライブが終わって、トボトボ一人で帰るときほど寂しいものはない。かといって、みんなと打ち上げをし、大いに盛り上がったとしても、翌朝は必ずといっていいくらい落ち込み、虚しさを覚える。たましいが抜けて疲れ切った身体だけが残っている。歌うことは僕にとって救いだったはずなのに、これではまずい。どうしたら楽しくなれるだろう。答えはわかっているのだけど。

最近読んだ本。

◎宮本輝・吉本ばなな著『人生の道しるべ』（集英社）

「かつて司馬遼太郎さんがなにかのテレビ番組で語ったことだが、あいつは初期の頃より も堕落したとか、ハングリーでなくなったとか、みずみずしさをなくしたとか、世の中の人々は芸術にたずさわる人間にまことに酷なことを言う。

しかし、じつはなにも変わってはいないのだ。絵画にせよ文学にせよ音楽にせよ、そのような世界で自分の作品を創りつづけてきた人間は変わらないのだ。ただ長い年月のうちには技術の変化や考え方の揺れは当然あるが、根本的には変わらないのだ。

司馬さんはそう言ったが、私もまったくその通りだと思った。

逆の言い方をすれば、変わらないものを持っている者だけが、作家に、画家に、音楽家になることができたのだということになる。」（宮本輝）

どうしてこの文章に共感したかというと、よくあるのだ。私はAさんのファンです、影響された、尊敬していますと言っておきながら、最近のAさんは変わってしまった、堕落した、あの意見はいただけないと、何かをきっかけに批判をし出す。結局のところ、好きではなかったのだ。尊敬などしていなかったのだ。自分の思い通りにしたかっただけなのだ。

嫌なところが目について嫌いになってしまったなら、それは最初からその人の中にそういう資質があったわけで、それを見抜けなかった自分が悪い。見抜く力がなかったのだ。人の性質や考え方や生き方は、変わりたくとも変われない。最初は好きだったのに、どうしても納得がいかなくなってしまったならば、文句を言わずに、黙って去って行くしかない。

十二月五日（土）

しい子に茶碗蒸しを作ってもらった。僕が好きな汁気が多いやつだ。でも、しい子は鶏肉が嫌いだからといって食べない。食べるものも飲むものも違う。「伊豆に引っ越そうか」「温泉に行こうよ」と誘っても、「女と行ってくればいいじゃない」とあっさり拒否される。どうしてこんなに趣味が合わない女と結婚してしまったのだろう。

「騙された」

「私も騙された。佐久間さんにも言われたじゃない、いい意味じゃなくて、悪い意味で子どものような人って。感性だけが好きで結婚したけれど、男として最低、人として最低」

「あー、人生やり直したい」

「やり直してもあなたは同じだよ。私は違う。もっとお金持ちと結婚するから」

十二月十六日(水)

Amazonに注文していた本、鹿子裕文『へろへろ　雑誌『ヨレヨレ』と「宅老所よりあい」の人々』(ナナロク社)を受け取り、トイレで読む。続けて、お風呂に持って行き、半身浴で第三章まで読む。身体を洗ったあと、再び半身浴で(これまで僕は半身浴の習慣などなかったのだが)第四章まで読みふける。上がってからも、すぐに続きを読みたくて、椅子に座り(いつもならベッドに横たわりながらなのだが)最後まで読んでしまった。面白いのだ。すごく面白い。

二〇一六年

一月五日（火）

◎映画『利休にたずねよ』（二〇一三年・原作 山本兼一／監督 田中光敏／主演 十一代目市川海老蔵）

「私がぬかずくのは美しいものだけでございます」

権力にぬかずくのではなくて、美しいものだけにぬかずく。美しいか美しくないかは、正しいか正しくないかだ。正しいか正しくないかは、その人の息づかいと自分の直感を信じる。

『「世論」の逆がおおむね正しい』（西部邁、産経新聞出版）という名言だってある。

一月二十七日（水）

◎TVドラマ「いつかこの恋を思い出してきっと泣いてしまう　第2話」（脚本 坂元裕二　演出 並木道子　主演 有村架純　高良健吾）

「恋って会ってる時間じゃなくて、会わない時間に生まれるものじゃないんですか」

三月一日（火）

『かなわない』（タバブックス）の著者、植本一子《いちこ》さんと下北沢本屋B&Bで対談をした。この日初めて僕は一子さんとお逢いしたのだが、お話をいろいろと伺っているうちに、随分と似ている部分があることを知った。恋愛はするけれど、不倫はしたことがない。ご主人が寛大で嫉妬しない。うちの奥さんも寛大で嫉妬しない。僕がめげても応援する。そのかわり、一子さんと僕は嫉妬深い。もちろん、恋が叶えばいっぱいの歓びと楽しい思い出は作れるのだが、悲しみや苦しみも充分に味わう。

『かなわない』の最後の章「誰そ彼」は、セリフと描写があまりにリアルであるため、自分もその場に居合わせているような気分になって胸が痛くなる。一子さんの筆力はすごい。技術とかではなく、まっすぐそのままを書こうとしているだけだからだ。一子さんの撮る写真と同じだ。作為がない。雑音がない。相手の一番輝いている表情をとらえる。内に秘めているものはまだきっとたくさんあるだろうから、波瀾万丈な人生を送ることになっても、一子さんは華麗に羽ばたいていく気がする。

僕はもう駄目だ。曲はできないし、文章も書けない。恋が終わったからである。伝えたいこともなければ伝えたい人もいない。それでも僕は呼ばれれば歌いに行く。歌にのせて今の自分の気持ちをあらわすことができる気がするからだ。その時だけ僕は生きている。そして終演後は、深い眠りに入る。今日のトークショーのように、植本さんのような優しい方がいらして、耳を傾けてくれる方がいらっしゃるうちは、まだお話することはある。

トークショーを終えてからサイン会があった。ある女性から「私、エッチなことばかり妄想してしまうんです。どうしたらいいでしょうか」という相談を受けた。ふたりきりになって、ぜひお話をしたかったけれど、うしろに並んでいる人に会話が聞こえてしまいそうで、「あーそうですか」だけになってしまった。もう二度と会えない。悔しい思いをした。どうして僕はタイミングが悪くて、融通が利かなくて、勇気がないのだろう。せっかくのチャンスを逃してしまった。

三月十六日（水）

リクオさんの企画「HOBO CONNECTION 2016」に参加。寺尾紗穂さんと『あの娘が好きだから』と『僕らはひとり』（作詞・作曲　もりばやしみほ）をデュエットした。寺尾さんが歌い出すと一瞬で風景が変わる。「♪笑っても泣いても僕らはひとり　話はないけど一緒にいたいよ」で声を重ねられると、泣けてくる。

リクオさんとは『アメンボの歌』（作詞・作曲　桑田佳祐）を歌った。むずかしい曲なので僕一人では歌いこなせないのだが、リクオさんのおかげでとても気持ちよく歌えた（ステージ上にはピアノが二台）。リクオさんと共演しない限りは再現できないのではないだろうか。世の中にはすごい人がいるものである。

三月二十二日（火）

リクオさんの企画構成で、浜田真理子さんと初めてご一緒させてもらった。先日の寺尾紗穂さんに続き、いつか共演できたらいいなと思っていた人と（リクエストしたわけではないのに）リクオさんがちゃんとセッティングしてくれたのだ。わかってくれている。寺尾さんの透明感、浜田さんの色っぽさ、リクオさんのビートとバラードに酔う。

浜田さんと楽屋で恋の話をした。「恋をすると最後はボロボロになってしまうでしょ。だから、わたし今は仕事に集中しているの。シャッターを下ろすと誰も寄って来ない」。聞き間違いかもしれないが、そんな感じのことをおっしゃった。恋の始まりはこの人と出会うために生まれて来たんだと思えるくらい盲目になるけれど、別れは必ずやって来る。一途であればあるほど身も心もボロボロになってしまうことに僕は共感し「そうだね」と相槌を打った。

打ち上げは、物販を手伝ってくれたさくらさん、名古屋クアトロの上田健二郎さんも加わってくれた。リクオさんお薦めの麒麟《きりん》桜《ろう》にて、料理を頼み紹興酒を飲んだ。久しぶりに僕は楽しかった。僕の生きるテーマは「いやらしさは美しさ」だから、僕が話すことはそればかりだ。リクオさんは僕ほどエッチに対してむき出しではないから、返答に困っていたが僕はリクオさんが好きなので、話したくてしょうがなかった。

四月八日（金）

自由学園明日館でライトアップされた桜を背景に歌った。風が吹けば花びらが散り、心地よく「♪ふたりの身体から　歌がこぼれ出す」と、自然と歌うことができた。聴きに来られた方も桜の景色と歌の両方を楽しんでくださったのではないだろうか。

五月一日（日）

映画『ビリギャル』が良かった。本は『ガケ書房の頃』（山下賢二著・夏葉社）を読む。二年前、京都のガケ書房を訪れたとき、帰りがけ、店長の山下さんがバス停まで追いかけてきてくれた姿を思い出す。なんで追いかけて来てくれたのか忘れてしまったけれど、そのとき、いい人だなと思ったことだけは憶えている。

六月一日（水）

「自分が書いたものの中から、あるいは、歌っているものの中から、何年経っても、自分自身がそこから学べるっていうことが、いい文章であったり、いい歌なんだろうなと思う。写真については、どういう写真が好きかという話になるんだけど。僕はたまたま鎌倉に住んでいて、背景が海だから、あれは誰が撮ってもいい感じに撮れて。自分のホームページにアヒルや黒鳥の写真があるけど、たまたま、いい写真が撮れたときっていうのは、僕が撮ったんじゃなくて、相手が撮ってくれたんだと思う。黒鳥が撮ってくれたんだと思う。よく、写真には撮る側の気持ちが写るって言われるよね。同じように、相手側の気持ちも写ってしまう。お互いがお互いをいいなって思わなくちゃ、愛し合ってなくちゃ、いい写真は撮れないだろうな。恋愛と同じだ。

文章も同じで、もし、いい文章が書けたときは、それは自分が書いたんじゃなくて、感動が書いてくれたんだ。自分が書いたんじゃない。

歌もそう。自分が歌ったんじゃない。歌わせてくれたんだと思う。僕一人で作ったんじゃない。相手があってのものなんだよね。」(早川談)

森下くるみ×金子山『36書く女×撮る男』(ポンプラボ)より

八月一日(月)

自己紹介からして僕は、「笑えること、感動すること、Hなこと、それ以外に興味はありません」と書いている。それは今も変わらない。一つに絞るとすれば、「感動」だと思う。「感動」がなかったら終わりだ。「感動」さえあれば生きていける。

そして、この三つは、意外性がなければ生まれてこない。

九月一日(木)

七月十六〜十八日まで、「瀬戸内ツアー♪あの娘に逢いに」と題し、松山、倉敷、広島をチェロの坂本弘道さんと回ってきた。広島カフェ・テアトル・アビエルトでは二階堂和美さんも参加してくれて、『早く抱いて』（作詞・作曲　下田逸郎）を一緒に歌った。まあ、色っぽいこと。目が合うと照れてしまう。

二階堂さんの歌声は、のどからではなく、頭から、顔から、胸から、お腹から、全身いたるところから発せられていた。『愛の讃歌』などはすごい声量であった。歌いながら、客席に割って入りお客さんと握手、手の届かないところまで、どこまでも誰にでも手を伸ばす。みんな笑い、元気になる。

ライブハウスのオーナーは隣に大きな畑を持っていて、採れたての美味しい野菜料理をごちそうしてくれた。広島駅行きの最終電車に間に合うよう打ち上げを途中で切り上げたら、二階堂さんが上八木駅のホームまで見送りにきてくれた。ハグしたくなるくらい、嬉しかった。

前日、倉敷では、リハーサル前に古本屋「蟲文庫」さんを訪ねた。実は、店主の田中美穂さんが書かれた『わたしの小さな古本屋』が文庫化されるにあたって、解説を書かせてもらったのだ。

思っていた通りの店構え、店内であった。小さいお店なのに居心地がよい。卓上の扇風機がやさしく回っている。レジは三畳ほどの畳の上に机があり、その奥には小さな庭が見える。きっと猫が行き来するのであろう。気づかないくらいのほんの小さな音量で音楽が流れている。お客でありたいというよりも、店番をしたくなるような店であった。

その日行われた倉敷ペニーレーンのライブには、田中さんも聴きに来てくれた。終演後、挨拶をしてホテルに戻ってから思った。あー、ゆっくりお話したかったなと。僕はいつもそうだ。気が利かない。間が悪い。「蟲文庫」は後を引く。つげ義春さんが旅先で居着いてしまうような妄想を抱いた。

初日の松山スタジオOWLの店長からは、『恥ずかしい僕の人生』と『サルビアの花』の歌詞コードを頼まれた。お客さんの中にカバーしている人がいて、正しいコードを知りたかったそうだ。歌ってもらいたいので、コードを知らせることは、全然苦ではない。「♪いつも　いつも　思ってた」のコードは、「C Baug（シ・レ♯・ソ）Am」であると伝えると、「ビー・オーギュメントでしたか」と喜んでくれた。

九月二十五日（日）

二十歳の頃のしい子ちゃんは丸顔で可愛かった。化粧をしなくてもキレイだった。ところが、六十八歳の今はしわだらけのばあさんだ。カラー写真を撮っても白黒に写ってしまう。口の周りもへこんじゃった。「もう顔はあきらめて、性格を良くするしかないね」としい子は言った。

十二月一日（木）

十一月十一日、渋谷公園通りクラシックスで「はじめての二台のピアノ」と題し、渋谷毅さんと共演した。リハで音合わせをしたときから、びっくりした。一緒に弾いている渋谷さんのピアノの音が、まるで僕が弾いているかのように感じられたのだ。音が僕のピアノの延長線上にある。もちろん、こんな言い方は図々しいというか変に決まっているけれど、そのくらい溶け合っているのだ。といっても、音が加わって厚みが出たというのとも違う。思いもつかない場所から、思いもよらない旋律が奏でられてゆく。だからといって、意外性のある音というのとも違う。見えなかった景色が見えてくる。知らなかった情景に連れて行かれる。満たされる。これは自分の曲だっただろうか。深く、優しく、美しい。ただ、ただ、寄り添っていたい。ピアノの音だけで泣けてきた。

終演後、久しぶりに聴きに来た娘が興奮気味に言った。「すごく良かった。パパ、ピアノ上手になったんじゃない。歌もうまくなったような気がする。渋谷さんに教わったの？」「習ってなんかないよ。でもそう思えるのは、渋谷さんの空気が伝わって来るからだろうな。どっちが弾いているかわからなくなったでしょ」「うん。でも、渋谷さんが弾いているってことがわかっていても、あっ、これはパパの音だ。パパが渋谷さんのレベルに達していたら、きっとそういう音を出すだろうなと思った。そのくらいぴったりだったね。渋谷さん、言葉を超えていたね。素敵だったなー。色っぽい。私も渋谷さんと共演したい！」。楽器を弾けない子が、いったい何を言い出すんだろう。

凄い人は、自分の凄さを主張したりしない。自分の凄さを知らないからだ。それどころか相手の良さを引き出す。透き通ったたましいだけが、聴く人の記憶の奥底まで降りて行き、忘れていた悲しみや歓びを一瞬で蘇らせる。また、渋谷さんと共演できたらいいな。

原マスミさんの音楽に出合ったのは、僕がまだ本屋をしていた頃だ。ある女の子から『イマジネイション通信』というアルバムを渡されたのがきっかけだった。開店して十年ぐらい経ってからだろうか、音楽が懐かしくなり、無音が好きだったはずの僕がBGMを流すようになっていた。

僕が好む音楽は、しい子も好きになってくれた。「只今流れている音楽はこれです」と言わんばかりに、レジの後ろの棚にCDジャケットを展示したりもした。お客さんの中には、コーヒーカップを持って店の中に入って来る人もいた。

グレン・グールド『バッハ：ゴールドベルク変奏曲』、エリック・サティ『3つのジムノペディ』、デューク・エリントン&ジョン・コルトレーン『イン・ア・センチメンタル・ムード』、エンニオ・モリコーネ『ワンス・アポン・ア・タイム・イン・アメリカ』、キース・ジャレット『ザ・ケルン・コンサート』、ジェーン・バーキンなどをアキュフェーズのアンプとヤマハのスピーカーでかけていた。

日本語の歌は、たいていはうるさく感じてほとんど聴かなかったが、原マスミ『天使にそっくり』はすぐに気に入って、「あー、僕もこういう歌が作れたらいいな」と思いながら聴いていた。その後、僕が再び歌い出すようになってから、目黒区美術館から声がかかって共演したり、その後も何度か機会があって、今年は「ふたりはH」と題し、金沢から沖縄までツアーを行なった。

原さんは歌いながら、顔をプルプルと震わせる。首をカクンカクンと上下する。あれはずるい。女の子はきっといちころだ。語りかける歌声、言葉、メロディー、独特のギター。相手との距離感が見えて、絵空事を歌っているかのようだけれど、ひどく、リアルだ。

普通、男は自惚《うぬぼ》れていて、どんな男でも自分が一番だと思っている。たとえば自分の彼女が、「わたし、あの人がいい」って、別な男のところへ去って行ったら、すっかり自信を失ってしまう。あるいは、「あんな男のどこがいいんだ」と彼女のセンスを疑いあきれかえる。だが、相手が原マスミさんならば仕方がない。あきらめる。悲しいけれど。

二年ほど前、僕にも恋人がいたとき、原さんに「彼女を取らないでね」と冗談まじりにお願いしたことがあった。原さんに「モテるでしょ」と聞くと、「僕は恋人より、女友だちの方がいいの。その方がずっと長く付き合うことができるし。早川さんもそうした方がいいよ。恋をして、ふられて、みじめになるよりも、女友だちを作った方がいいよ」と諭されたことがあった。たしかに、そうかも知れない。しかしもう、僕の性質は直らない。女友だちはしい子だけで、女の子を見れば、恋愛対象かそうでないかのどっちかになってしまう。これが僕の不幸の原因でもある。

歌う仕事があるときだけ出かけることができる。ふだんは、ずっと家に引きこもっている。すべては自分のせいであるが、毎日が面白くない。目が覚めても起きる気がしない。食欲もない。だるい。またすぐに横になりたくなる。逢いたい人はいない。話したいこともない。そんなふうなので、「自分はずうっと暗くて、このまま何も生み出せず、終わっていくのだろうなと思っています」と、吉本ばななさんに打ち明けたら、「早川さんは、歌ってるとき以外はもうなんでもいいんです。ぜひ暗く、何も生み出さないでいてください。そのうそのない暗い時間がみんな歌にいいふうにのりうつるんだと思います！」というご返事をいただいた。思わず、空を見上げた。

二〇一七年

二月一日（水）

僕のライブをビデオ撮影してくれていた方がいた。渡辺一仁さんである。再び歌い始めたころからだから、かなり長い付き合いになる。もちろん、渡辺さんはご自身のお仕事もあるし、他にも好きな歌い手数人を撮られていたようだから、毎回というわけではなかったが、随分撮っていただいたような気がする。

そんな関係になると、自然と親密度が増してゆくのが普通であるが、渡辺さんは撮影が終わるとすーっと帰ってしまい、打ち上げに参加するようなことは一度もなかった。後日編集したDVD－Rを郵送してくれるだけだ。本格的な映像にもかかわらず、僕は特別お礼も言わない。僕は好きで歌い、渡辺さんは好きでライブに足を運び、好きで映像を撮る。『猫のミータン』の歌詞通り、恩を着せ合うことがなかった。常に一定の距離感を保つ。

そんな間柄であった。

これまで、僕の音楽活動を応援してくれた方は何人かいた。仕事として関わってくれた人もいれば、まったくの好意で手伝ってくれた人もいる。ところが、恥ずかしいことに、みんなそれぞれ、初めはいいのだが、何かをきっかけに、何かの事情で、なぜだか疎遠になり、ブツッと関係が壊れてしまうことがよくあった。佐久間正英さんから「人として残念」と称されたくらいだから、おそらく、僕の偏屈さと協調性のなさに起因しているのだろう。人との距離感がどうもうまく行かない。

そんなこともあって、僕は音楽仲間や共演者とは仕事のときしか会わない。音源と歌詞カードを送るだけで、リハーサルはない、本番当日のみ。電話もしない。用件のみメールで連絡しあうだけだ。友だちになりたいけれど、ならない。恋人になりたいけれど、ならない。なれない。ステージで同じ空気を吸うだけだ。

その渡辺さんからちょっと体調が悪いというような話は聞いていた。久しくライブにも顔を見せないので、その後どうしているかなーと思っていたら、下北沢本屋B&Bの安倍啓輔さんから、一昨年、渡辺さんが急逝したことを知らされた。安倍さんは渡辺さんの甥にあたり、昔、撮影の助手で僕のライブにも来たことがあったそうだ。

密葬だったのは周りに気を遣わせたくなかったからだろう。僕も最期はみんなに知らせてほしくない。

渡辺さんは純粋に好きなことをしていた。欲のない方だった。無私の精神だった。亡くなっても、会えなくなってしまっても、僕の記憶の中で、渡辺一仁さんは、ずっと生き続けている。

二月六日（月）

和光大学のUさんという方から、佐久間正英氏について卒業論文を書きたいので、僕から話を聞きたいというメールが届いた。「佐久間さんのことは、『生きがいは愛しあうことだけ』（ちくま文庫）に、すでに充分書いたので、それ以上話すことはないのですが、佐久間さんの役に立つようならば、お話します」と返事を出した。

男子学生だから、さぞかしむさ苦しい男が待ち合わせ場所に現れると思いきや、なんと、とっても可愛い男の子だった。僕は思わず「わっ、可愛い」と口走ってしまった。その手の趣味はないのだが、この可愛さは憧れる。羨ましい。さぞかし、女の子からモテるだろうなと思った。

ふと、吉本隆明の「好男子だから駄目」という言葉が浮かんだ。僕はその言葉が好きで、いわゆる「イケメン」と言われるような男は、それだけが理由で駄目なのである。もちろん僕が言うと、ただのひがみに聞こえてしまうことはわかっているが、Uさんの可愛さは文句のつけようがない。納得できる。好感が持てる。イケメンと可愛い子の違いは、やはり、かっこつけているかどうかだろう。

おまけに、すごく礼儀正しい。話をしていて、不愉快なことが一つもなかった。僕は思わず調子に乗ってしまい、つい、余計な話まで喋ってしまった。音楽と関係ないけれど、佐久間さんは十九歳で結婚し、離婚は三回か四回、最後の奥さんは、長男よりも年下。元の奥さんたちとは、離婚後も仲が良い。極めつけは、人生において一度も怒ったことがないという。これはすごいことだ。

佐久間さんと僕との唯一の共通点は「趣味は恋愛」である。これさえ同じであれば、信じられる。音楽よりも女の子の方が大切なのだ。だからこそ「おやすみ音楽」を千百十一夜もアップできたのではないかと僕は思っている。彼女の耳元に届けるために。佐久間さんは「違うよ」と言うかもしれないけれど。

インタビューの最後に「早川さんの歌うエネルギーは何ですか」と尋ねられた。「もちろん、女の子です」と即答したかったが、悲しいことに、最近はそのエネルギーもだんだん薄れてきたから返事に困った。僕の生きてゆく歓びは何だろう。わからなくなってきた。

三月十四日（火）

もしかして、僕は他の男性よりもスケベかもしれない。いや、みんな同じようなもので、僕は正直なだけだと思っているのだが。わからないので共演者に聞いてみる。かつて佐久間正英さんには、控室で突然、「大陰唇と小陰唇どっちが好き？」と聞いてみたことがある（詳細は『生きがいは愛しあうことだけ』ちくま文庫）。すると佐久間さんは真面目に答えてくれたので、さらに親しみを覚えた。音楽はスケベ同士でなければいい演奏はできないのである。

坂本弘道さんとはこれまでに五回くらい共演したが、まだあまり喋ったことがない。「東スポが好き、格闘技が好き」ということは人づてに聞いて親近感を持ってはいたが、僕の生きてゆくテーマである「笑いと感動とH」について共鳴できる部分があるかを知りたかった。そこで今回、京都SOLE CAFEと神戸市塩屋旧グッゲンハイム邸でのライブ直前、坂本さんが譜面を曲順通りに揃え、じっと譜面を見ながらイメージを作っているときにだ。

「僕は動画より静止画の方が好みなんだけど、坂本さんはどう？」「うーん、動画かな。でも映像より小説の方が好きかもしれない。フランス書院の綺羅光《きらひかる》には随分お世話になったなー」というご返事をいただいた。ふだん大っぴらにできない心の内を話せるのは、楽しい。もしも不潔に思えたら仲良しにはなれない。笑いあえたら信じられる。ずっといい思い出になる。

三月二十五日(土)

『旧グッゲンハイム邸物語』(森本アリ著・ぴあ)を読んだ。年に一度ぐらい旧グッゲンハイム邸でライブをさせてもらっている。神戸市塩屋駅からほんの少し歩き、線路を渡って階段を二、三段上るだけなのだが、静かな佇まい、澄んだ空気、山と海に囲まれている。こういう町に住めたらいいなといつも思っていた。

神奈川県西端にある真鶴は、「海の見える古い家や細い道などその風景が塩屋ととても似ている」のだそうだ。真鶴に行ってみたくなった。川上弘美の『真鶴』(文春文庫)を読んだときから、ぼんやりと気になっていた。老後に住む町の候補として、駅を降りて一度どこかに宿泊してみようよと、妻を誘うと「行きたくない」とあっさり断られた。ひどい話である。

四月十一日(火)

「痛快!明石家電視台」より

明石家さんま「俺、嫉妬心ないから、人の悪口浮かばないねん」
中川礼二「たしかに、さんまさんの悪口聞いたことないですね」
明石家さんま「人の悪口、人生六十年間、言ったことないと思う。そやねん、浮かばないねん」
間寛平「ホンマですわ。二十年以上ゴルフやって、ずっと帰るとき、車の中にジョージと俺とさんまちゃんと三人いてるけど、人の悪口言ったことないですわ」

悪口を言わないようにするのだって難しいのに、悪口が浮かばないとは、恐れ入った。腹を立てたり、人を嫌ったりすることもないのだろう。劣等感も優越感もない。勝とうともしないから争いもない。全部を笑いに変えてしまう。

五月一日（月）

四月三十日、リクオさんの企画ライブで、中村中《あたる》さんと『パパ』を歌った。この曲を中村さんが選んでくれたことが嬉しい。歌いながら目が合うと、つい照れてしまう。しかし、中さんのまなざしのおかげで、まさに「♪少年のような恥じらいと　老人のようないやらしさで」を歌えたような気がする。

終演後、Aさんと帰りたかったが、Aさんは帰り支度の途中みたいで、まだ楽屋でうろうろしていた。そのうち外に出てくるのかなと思いつつ、Bさんに続いて、僕はいったん外に出た。さっきまで、店の中で打ち上げをしていたので、随分遅くなってしまい、遠くまで帰るリクオさんは、一足先に駆け足で駅に向かって行った。

Bさんも歩き出す。僕もつられてゆっくりと歩き出す。何か話しかけたと思う。共演者だったからだ。会話を交わしながら歩いているうちに、Bさんの足がだんだん速くなってゆく。終電に間に合わなくなってしまうからだろうか。なんだかよくわからないけれど、自然と僕もつられて早足になってゆく。会話の途中でも、やけに速く歩くから、僕もBさんのあとを追う。渋谷駅に近いのだけど、ここはビジネス街だから夜中は人が通らない。暗い夜道の途中で僕だけひとり取り残されてしまうのも変に思えた。

駅に着いたころには、おかしなことに駆け足状態になっていた。別々の地下鉄に乗ることがわかり「おつかれさま」と言って別れたはいいが、なんで、こんなに早足だったのだろうと奇妙に感じた。まるで、僕がストーカーになってBさんを追いかけていたような形になってしまった。

まったく僕にはその気がない。しかし、Bさんとしては離れたかったのに、あいつが付いてくるのよ、気持ち悪いわー、怖かったわーと、もしかしたら、そう思わせてしまったのかもしれない。この誤解をどうやって解けばいいのかがわからない。

被害妄想かもしれないけれど、家に帰って、翌日、その話をしい子にしたら、僕の味方になってくれたのでホッとした。

五月二十七日(土)

去年の鎌倉歐林洞《おうりんどう》終演後。控室の前でお客さんをお見送りしていたら、親しげに、にっこりと笑う女性がいた。どこかで会ったような見覚えがある顔だ。「どちらさまでしたでしょうか」と尋ねると、自分の娘だった。もともと、結婚式にも出席しなかったくらいだからしょうがない。

音楽を聴けば、その人の性格がわかる。名古屋得三で共演した宍戸幸司さんは、すごくゆっくりしたテンポで、ぐにゃーっとした音を出しながら、ねっとり歌う。僕は突然歌いだす。イントロがない。原マスミさんは一曲が長い。「原さんは一回が長いね」と言うと、「短いのを何回もするの」と返してくれた。原さんはエッチだから好きだ。「一番好きな和音は、F」というのも共通している。

九月六日（水）

二台のピアノ　渋谷毅×早川義夫（岸和田市自泉会館楽屋談 2017.9.2）

早川　世の中全体を見るとつまんない音楽の方が多いですよね。

渋谷　つまんないのが多いんだけど。それがホントにつまんないかどうかはわからなくて。というのは、そういうつまんないやつを僕は好きになったりすることもあるから、困っちゃうんだよね。こっちの気分もいつも違うわけだからさ。

　なんか日本人、なんて大まかなこと言うと怒られちゃいそうだけど、一つのことをずうっとやっているとそれが偉いみたいに言われたりするじゃないですか。初志貫徹、全然ブレないとかさ。そんなのブレたって、どっちだっていいんですよ。そんなことより、自分が今いいと思っていることが、いいと思えば、それでいいわけであってさ。それがブレてるとかブレてないとか、冗談じゃない、人間、そんな立派なもんじゃないよと言いたくなっちゃうわけ。周りを見たって、そんな立派な人はいない。音楽をやっている人がみんながベートーヴェンやモーツァルトになれるわけじゃないんだから。そういうこと言うやつがいると頭に来ちゃうんだよね。

早川　じゃ、あいつはブレてないなんていう言葉を聞いただけで不愉快になっちゃう。
渋谷　それがどうしたのって言いたくなっちゃう。

渋谷　僕は自分が音楽ちゃんと出来ないと思っててね。でも、だからといって音楽やめようと思ったことはないんですよね。立派なことをやろうと思うと出来ないことが多いわけだから。人間、立派なこと出来なくてもいいんだ、立派でない方がいいんだ、と考えている。うまくいかないのが普通なんだ。うまくない方がいいんだ。ピアノなんかうまくない方がいいんだ。ヘタな方がいいんだ、ホントに。
早川　じゃ、僕でいんですか？
渋谷　そうですね。
早川　僕はいつもポロっと間違えちゃいそうで、それが不安で、練習したりするんだけど。今日も間違えちゃうかもしれない。それでいんですか。
渋谷　いんだろうね。まずは、いいんだろうね。いいと思わなくちゃ。人間というのは、自分をどうしても肯定したいんだから、自分がどんなにヘタだろうと何だろうと、いいと思うのが正しいですよ。
早川　間違えるのは、ありのままの自分ですものね。
渋谷　まずはそこからです。あのね、ヘタな方がいいんだという、その理屈をもうずっと前から考えているんだけど、うまくいかない。なぜかっていうと、自分の中に、うまい方がいいっていうのがあるんだね。理論的には間違いがないと思ってもね。だから理論が完成しないわけです。

早川　僕は、この人歌上手だなと思った瞬間にもう駄目だと思っちゃう。うまい演奏している人を見ると、はいわかりましたとなって、全然つまんなくなるわけ。うまさを感じさせるというのは、へた以上にみっともないことだと思っちゃう。でも、自分は間違いたくない、間違いたくないとやってる。

渋谷　それは誰だってそうです。

渋谷　みんな一人一人リズムっていうのは違っていてね。違うのが当たり前なんです。まあ、あんまり違っちゃうと一緒に出来なくなっちゃうけど。違わなくちゃ音楽じゃないんです。合わないから音楽になるという理屈があるんです。オーケストラなんか指揮者がちゃんと合わせて、合わせてみたいにやるけれど、それでも合わないから美しく聴こえてくるわけで、音がぴったり合っちゃったら美しくないわけですから。

早川　僕は歌っているとき、自分の中の世界というか、描写する一つの風景があるわけなんだけど。渋谷さんが音を出すと、別な世界、もう一つの絵が見えてくるわけ、すると、そっちの風景の方がいいなと思えてきて、追っかけたくなっちゃう。僕の歌が邪魔している気がして、申し訳なくなってしまう。

渋谷　音楽っていうのは、そういうのの延長線みたいなものでね。二人でやったり、人数が多いほうが分かりやすいけど、いつもと違う音楽が生まれる。いつもやってる音楽と全然違う音楽がどっかで聴こえてくる。今やってる音楽はあるんだけど、それとは別なものが生まれる。今聴いている音楽と、聴いている自分との間に、なんか別なものができる。僕はそれを音楽っていうのじゃないのかなと思うんだよね。

二〇一八年

一月一日（月）

寂しくて癒されたくて柴犬と暮らし始めた。ところが、三、四ヶ月の子犬はひどいやんちゃで、とても一人では面倒を見切れず、せっかく別居していたのに妻を呼び寄せたら、バカにされた。「だから言ったじゃないの。犬より女にしなさいって。女の子の方が楽しかったでしょ」

二〇一九年

一月一日（火）

穏やかに暮らしています。

三月二十八日（木）

妻　早川静代は三月二十八日に旅立ちました。七十一歳でした。二〇一八年一月乳がん発覚。脇のリンパ節から鎖骨の下まで。一年前には何ともなかったのに。山手メディカルセンターで抗がん剤、手術、ホルモン療法。回復しているかと思った矢先、二〇一九年二月脳転移、脊髄にも。

最後の一ヶ月は日赤医療センター緩和ケア病棟で家族と過ごしました。息を引き取る前、一緒に『いい娘だね』『君をさらって』『赤色のワンピース』『君でなくちゃだめさ』『青い月』を歌いました。本人の希望により、葬儀はせず、遺体は大学病院に献体しました。

二〇二〇年

三月七日（土）

部屋を整理していたら本屋時代の冊子が出てきて、思わずハッとした。しい子も「書店だより」を書いていたことをすっかり忘れていたからだ。僕を驚かしにきたに違いない。
この間も、携帯に「早川靜代」から着信があったときはびっくりした。慌てて赤ボタンを押して切ってしまった。かかってきたのか、かけてしまったのかわからない。おそらくどこかに触れてしまったからだと思うが、会いたい人はいつだってそばにいる。

私も書きたい書店だより　早川靜代

○月○日　主人が週刊誌を持って来て「これ、頼んどいて」と言う。その頁を開くと、夢屋書店のことが書かれてあった。「あのー、もしもし、そちらで出版されております『秘戯』を十冊と、『みちのくの人形たち』を五冊ほしいんですけど、本屋なんですけど。あのー、掛はどの位でしょうか」と言うと、「これ、二冊ともうちで出してるんですよね」「はー。あの、掛とかは……」「うちしか置いてないんですよね」どうも違った答えが返ってくる。ひょっとすると、深沢七郎さんご本人が電話に出ているのではないだろうか。と思った途端、自分でも何を喋ったかわからなくなり、肝心なことを聞けずに電話を切ってしまった。そしたら、うちのが「本屋で販売したいのだということが伝わってないんじゃないの。もう一度、聞いた方がいいよ」と言う。だったら、最初から自分でかければいいのに。「あのー、先ほど電話した、早川書店ですが、やっぱり本屋でも定価通りでしょうか」「はい、郵送料はこちらで持ちますから」「どうも失礼しました」次の日、郵便局へ行き、振り込み用紙にサイン本が欲しいです、と図々しく書いて送ったのでした。送られてきた本には、一冊しかサインはありませんでした。残念。主人一人、その本を受け取りご機嫌でした。

○月○日　夕方、「今日、大事な人が来るから」と主人から言われた。「大事っていうと、やっぱり、夕飯出すんでしょ」。冷蔵庫の中はからっぽだし、買い物に行く時間もないまま、大事な二人来店。しょうがないから、子供にお寿司を頼みに行かせた。店を閉めた時は、もう食べ終わってて、からのビール瓶が五本位並んでいた。あわてて、自動販売機のビールとお酒を買ってきて、漬けものとトマトとピーナッツを出す。「ぼく、江口です。前に一度来たことあるんですけど覚えてますか」。何か聞かれてひどい受け答えをしたのではなかろうかと思い「はーいいえ」と笑ってごまかす。すると、不思議なことに、お子さんの写真を、写真屋さんでくれるミニアルバムごとバッグから取り出し、「案外美男子なんです」といって見せてくれた。本屋の三代目である柴田さんはというと、「結婚して一番驚いたのは、女の人は月に一度ひどい頭痛がおきる。あれは誰も教えてくれなかった」なんて真面目な顔をして言いはじめた。そうかと思うと、笑いながらむずかしそうな話をしだし、突然「奥さんどう思う」なんて聞かれて見当違いの返事をしちゃったり。あの日以来、主人は考えこんじゃって、八号の書店だよりもスラスラ書けなかったみたいです。今度は元気づけに来て下さい。その時は、へんてこな味のインスタントラーメンではなく、おいしい夜食も用意します。私もお酒一杯ではなく、三杯位飲んでみせます。(はやかわ・しずよ　レジ係)

季刊『読書手帖』第八号　一九七九年十二月一日

○月○日　秋葉原の義父が、突然、やってきた。なにしろ、開店時に運転資金を借りた身だから、頭は上がらない。「どう、このごろ?」「先月はいくらだった?」「今日はいくらぐらいいきそう?」なんて、よく売上げを聞かれる。主人は、近所の人に挨拶もせず、私は、現代娘で通っていたから、本当にやっていけるのか心配だったらしいのです。今では、一応、どのくらい売れているか聞くけれど、私たちの体の方を心配してくれて、「月に二、三回休んだ方がいいよ」と言ってくれる。主人が仕入れに行ってしまうと、私は四時間位お手洗いに行かれないと話すと、「ダメダメ。腎臓病になっちゃうから。うちの近所の○○さんなんか、親子で人工透析を受けているから、月に何十万もかかるんだから。今、おしっこしてらっしゃい。わたしがここにいてあげるから」なんて、レジで大声で言い出したりしてくれる。でも、お父さん安心して下さい。今では子供が学校から帰ってきたら、ちょっと、レジにいてもらい、私は、急いで倉庫のお手洗いに行ってますから。桃子は「ママ早くして」なんて泣きべそをかきそうになる。ヘルメットにマスクをした、顔の全然見えない、オートバイのお兄さんに「これ、百五十円でしょ。だから、五十円おつりなのね」なんて、やさしく言われても、恐がっています。はとは一時、暴走族になんとなくあこがれたり、獣医さんになりたいなんて言ってるけれど、「だいじょうぶ。少々お待ち下さいって言うから」と、堂々としていて、うまく商売をついでくれるのではないかと思えてくるくらいです。

○月○日　倉庫で主人が出版社に電話をかけている。怒り調子がレジにまで聞こえてきて、私が怒られているよう。倉庫から出てきた主人は、「頭にきた」と言いながらも、ひどくしょぼくれていた。いくら怒ったって何の得にもなりません。昔、客注の本が半年かかってやっときたことを思い出せば、また、それを待ってくれたお客さんがいることを思えば、何でも許せます。あまり、むきになると、また、胃が痛みますよ。生命保険にも入ってない体だし、本屋は、まだまだ続けなければならないのだから、頭にきた日は、出かけて下さい。（はやかわ・しずよ　女店員）

季刊『読書手帖』第十号　一九八〇年六月一日

高野慎三さんからの手紙

早川義夫様

このたびは、心よりお悔やみ申し上げます。

昨日、なんの目的もなく人形町から浜町をひとりで散歩していました。浜町まで来て、以前、奥様から浜町で生まれ育ったとお聞きしたことを思い出していました。

夜、自宅にもどると、吉田桂子さんから、「早川さんの奥さんが亡くなられた」と告げられました。吉田さんは、「すごく寂しい」と言って、涙ぐんでおりました。気持はぼくも同じでした。

二人で奥様の思い出を語り合いました。奥様に最初にお会いしたのは、ぼくの店の「いかるが」に来られたときでした。そのときに交した会話も憶えております。

その後、ジァン・ジァンでのコンサートのとき、五反田や鎌倉でのコンサートのときなどにもお目にかかり、一〜二分の短い時間でしたがお話しました。その時々の会話と、優しい笑顔も憶えております。早川さんの歌を聞くのも大きな楽しみでしたが、奥様にお会いできるのも大きな喜びでした。吉田さんがいつも言ってました。「奥さん、カッコイイよね。すごい素敵」と。

お茶の水の「レモン」でお二人が過ごす歌詞がありました。ぼくも五十数年前に、亡妻とよく「レモン」に行きました。そんなことも思い出し、涙がこぼれそうになったこともあります。奥様と短い立ち話をしたのは、二十数回だと思います。でも、ぼくにとって、そして吉田さんにとっても、楽しい、実りあるひとときでした。

早川書店で、早川さんのことを話題にして、奥様と二人で笑い転げたことも思い出されます。

コンサートの帰りがけ奥様からお土産をいただいたこともありました。本当に色々とお世話になりました。いくつもの思い出をありがとうございました。奥様に何のお返しもできなかったことがとても残念です。

二〇一九年五月七日

北冬書房　高野慎三

208

あとがき

一週間ほど再び入院することになったので、ゆきを保育園に預けることにした。いつもなら、僕のことなど眼中になく一目散に遊び場がある二階へ駆け上がってゆくのだが、今回はどういうわけか別れ際、僕をじいっと見上げて心配そうに見つめている。「えっ、どこいくの？」「待ってるからね」「手術頑張ってね」と優しさに満ち溢れた表情だ。ゆきの眼差しがしい子のように思えた。

ゆきは家の中では、おしっこうんちをしないので、必ず毎日朝夕散歩に出かける。けれど、保育園では一日に二回も連れ出してはくれない。雨が降れば外出は無理だ。「したくなったら、最終的には、部屋の中でしますから大丈夫ですよ」と言われた。専門家が言うのだから問題ないのだが、これまでの日常と違うから、病院のベッドの上でゆきのことを思うと、ちょっと心配になった。

ゆきが幼犬のときは、言うことを聞かないので手を焼き、どうして犬など飼ってしまっ

ツルニチニチソウとゆき *Yuki with a bigleaf periwinkle*

たのだろう、どこへも出かけられやしないと後悔したものだが、二歳を過ぎたあたりから、随分といい子になった。「よし」と声をかけるまで、ご飯の前でおすわりをしているし、階段の上り下りは歩調を合わせてくれる。もしも走られたらリードを持っている僕は転んでしまう。教えてもいないのにわかっているのが不思議だ。

四日目の朝、保育園から電話があった。「ゆきちゃんが嘔吐と下痢をしました。明日も続いたら、病院に連れて行きますね」という連絡だった。おそらく精神的なものではないかと思ったが、現場にいるスタッフの判断が正しいはずだからお任せすることにした。ドアをこじ開けて脱出しようとし、散歩に連れ出すと強く引っ張って帰りたがるとのことであった。いままでにないことだ。なるべく早く退院して迎えに行かねばならない。

翌日も下痢をしたので病院に連れて行ってもらうことにした。結果は悪玉菌が検出されなかったため、神経性と診断が下りた。お父ちゃんがなかなか来てくれないから心細くなってしまったのだろう。

予定より退院を一日早めて、ゆきを迎えに行った。階段を下りてくるゆきの顔がゆるんでいる。いつもは散歩中に目が合っても微笑むことはなく、留守番をさせても見送りも出迎えもない。ご飯とおもちゃさえあれば、飼い主は誰でもいいようなところがあったのだが、まさか、こんなに愛されているとは思わなかった。

ゆきを散歩するため玄関口で用意をしていると、しい子は慌ててトイレから出てきて、バッグにハンカチ、ティッシュを詰め、帽子をかぶり、靴を履く。「なんで慌ててるかわかる？」と僕に聞く。置いてきぼりにされるのがよっぽど嫌だったようだ。

しい子を抱きしめてあげたかった。思いっきり抱きしめてあげればよかった。ふざけてではなく、ぎゅっと抱きしめてあげればよかった。しい子、喜ぶだろうなと思う。照れて、笑うかもしれないけど。

この先、もしも僕が助からないような病気になったら、それはしょうがない。しい子が呼んでいるのだと思えば、怖くない。しい子に会える。もしも長生きしたら、しい子が見守ってくれているのだ。頑張んなさいって。まだ、やり残したことがあるのかもしれない。

早川義夫

二〇二〇年一月十五日

初出

第一部、第二部は書き下ろし。第三部の二〇一九年までは、早川義夫公式サイトで発表された。

早川義夫（はやかわ・よしお）

一九四七年東京生まれ。元歌手、元書店主、再び歌手。

著書に、『たましいの場所』『生きがいは愛しあうことだけ』『心が見えてくるまで』『ぼくは本屋のおやじさん』（ちくま文庫）、『ラブ・ゼネレーション』（文遊社）などがある。

アルバムに、『この世で一番キレイなもの』『恥ずかしい僕の人生』『歌は歌のないところから聴こえてくる』『言う者は知らず、知る者は言わず』『I LOVE HONZI』などがある。

早川義夫公式サイト http://h440.net/

女《おんな》ともだち――静代《しずよ》に捧《ささ》ぐ

二〇二〇年九月二十日　初版第一刷発行

著者　早川義夫

発行者　喜入冬子

発行所　株式会社筑摩書房
東京都台東区蔵前二―五―三　〒一一一―八七五五
電話番号　〇三―五六八七―二六〇一（代表）

印刷
製本　中央精版印刷株式会社

ISBN978-4-480-81555-2 C0095

◉早川義夫の本◉

〈ちくま文庫〉

たましいの場所

「恋をしていいのだ。今を歌っていくのだ」。心を揺るがす本質的な言葉。文庫用に最終章を追加。

帯文＝宮藤官九郎

オマージュエッセイ＝七尾旅人

〈ちくま文庫〉

ぼくは本屋のおやじさん

22年間の書店としての苦労と、お客さんとの交流。どこにもありそうで、ない書店。30年来のロングセラー！

解説　大槻ケンヂ

〈ちくま文庫〉

生きがいは愛しあうことだけ

親友ともいえる音楽仲間との出会いと死別。恋愛。音楽活動。いま、生きることを考え続ける著者のエッセイ。

帯文＝斉藤和義　解説＝佐久間正英

〈ちくま文庫〉

心が見えてくるまで

「〝語ってはいけないこと〟をテーマに書きたい」という著者渾身の書き下ろし。「この世で一番いやらしいこと」や音楽関係のこと。

帯文＝吉本ばなな